Hans Perting

Der Kranich

Erzählung in Prosa und
in freien Versen

Ein großer Dank für Korrekturen, Lektorat und Hinweise ergeht an Prof. Herbert Rosendorfer, Prof. Dr. Enrico Tauber, Dr. P. Bruno Klammer, Dr. Josef Rampold, Dr. Renate Prugger, Dr. Ute Schweitzer.

Impressum:

© Provinz Verlag
Weißenturmgasse 5
I-39042 Brixen (BZ)

ISBN 88-88118-00-4

Umschlagbild: Erich Stecher
Gesamtherstellung: Druckerei A. Weger, Brixen
Dieses Buch folgt der neuen Rechtschreibregelung,
außer in der Großschreibung der Anredeformen.
Printed in Italy, 2000

www.provinz-verlag.com.

HANS PERTING

DER KRANICH

Erzählung in Prosa und in freien Versen

PROVINZ VERLAG

1.

Die Welt ist fünf Stunden lang.
Von Hochalt bis Sonnberg.
Fünf Stunden zu Fuß. Bei gutem Schritt.
Dann hat die Welt ein jähes End'.
Dann fällt sie ab. Ins endlose Nichts.
Ins Jenseitsland.
Wo die Ewigkeiten lächeln.
Nur der Graf und der Pfarrer kommen dann noch weiter.
Bis nach Mals. Oder gar bis Meran.
Aber das ist schon eine neue Welt.
Eine andere Welt.
Nicht die seine.
Nicht die Welt Raetho Klammsteiners.

2.

Das Wasserwossr[1] hat eine Mäusefamilie aus ihrem
Bau geschwemmt.
Die zwei alten Mäuse und neun junge.
Die alten hat er erschlagen.
Und acht junge auch.
Aber eine hat er in den Sack gesteckt.
Eine kleine, weiße.
In seinen Hosensack.
In seine Schatztruhe.
Anerkennend klopft der Vater Raetho auf die Schulter.
Als er ihm zehn tote Mäuse zeigt.
Zehn Mitesser weniger.
Wenn im Winter Schmalhans der Herr im Tal ist.
Und nicht der Graf.
Und nicht der Pfarrer.
Stolz schlägt Raetho das Wasserblech weiter.
Stolz auf das Lob.
Stolz auf seinen Mut.
Stolz auf seine Verschwiegenheit.

---

[1] Erklärungen, Erläuterungen, Übersetzungen im Anhang „Wörterbuch – Erklärungen"

3.

Was gibt's auch schon zu reden?
Am Talausgang sitzt der Graf.
Am Talend' sitzt der weiße Teufel.
Und im Tal drinnen sitzt der Pfarrer.
Die Sonne geht im Osten auf.
Die Sonne geht im Westen unter.
Seit alters her.
Seit alters her kommt zu wenig Regen.
Vertrocknet alles. Was nicht g'wassert wird.
Seit alters her. Ist es so.
Und so wird's auch bleiben.
Was gibt's da schon viel zu reden?
Beten.
Beten! Ist der Imperativ.
Für einen warmen Regen.
Für einen guten Grafen.
Für einen kamotten Pfarrer.
Beten. Nur Beten hilft!
Sagt die Mutter.
Und so ist die Rosenkranzzeit
die einzige Stunde des Tages,
die einen ganzen Satz und sogar Nebensätze hat.
„Gegrüßt seist Du, Maria, voller Gnade,
der Herr ist mir Dir,
Du bist gebenedeit unter den Weibern,
und gebenedeit ist die Frucht Deines Leibes, Jesus."
Ein gewaltiger Berg.
Aus Worten und Sätzen. Baut sich auf.

Jeden Tag.
Jeden Tag gleich. Zu gleicher Stund'. In gleicher Rund'.
Mutter. Vater. Raetho.
Ein gewaltiger Berg aus Worten und Sätzen.
Der gleiche Berg.
Und doch jeden Tag neu.
Freudenreich, glorreich, schmerzensreich …
Hoch. Ganz hoch. Dieser Wortberg.
Höher als der Falatsch am Talend'.
Der doch das ganze Jahr Schnee hat.
Und immer gleich hoch ist.
Auf den der Onkel Valentin Leute führt.
Manchmal. Im Sommer.
Verrückte Leute.
Die zahlen, um runterzufallen.
Wie schon so oft.
„Heilige Maria, Mutter Gottes, bitt' für uns arme Sünder, jetzt und in der Stunde unseres Todes. Amen."
Sätze. Ganze Sätze.
Eine Ewigkeit. Für die Ewigkeit.

4.

Die Welt ist fünf Stunden lang.
Vom Hochalthof bis zum Schloss Sonnberg.
Fünf Stunden zu Fuß. Bei gutem Schritt.
Dazwischen liegen elf Höfe.
Und eine Kirche.
In der ein Pfarrer sitzt.
Jedenfalls immer, wenn Raetho in die Kirche geht.
Sitzt der Pfarrer.
Und liest eine Messe. Im Sitzen.
Weil er vor lauter Arbeit beim Messelesen nicht mehr steh'n kann.
Wovon soll ein Pfarrer auch leben? Außer von der
Arbeit. Im Valangatal?
Von der Flursegnung? Vom Teufelaustreiben?
Vom Messelesen? Für die armen Seelen?
Auf dem Friedhof stehen zwölf Kreuze.
Für jeden Hof eins.
Fünf Schreibnamen. Zwölf Höf'.
Die Selbstmörder und Abtreiberinnen haben kein Kreuz.
Die liegen nicht unter der g'weihten Erd'.
Nicht unter anständigen Leuten.
Die liegen vor dem Eingang.
Damit man über sie darüber trampelt.
Wenn man in die Kirch' geht.
Die Welt ist fünf Stunden lang.
Zwölf Höfe.
Und ein Pfarrer.

5.

Und ein Schloss.
Sonnberg.
Grafen. Reich. Einst.
Als noch Silber aus dem Tal kam.
Mit dem Silber ging der Reichtum.
Endgültig.
Für alle.
Rittersmann, Knapp, Pfarrer, Bauer.
Dafür kam die Ruh'.
Die Einsamkeit.
Die Stille.
Die Armut.
Der Hunger.
Der Inzest.
Das Ius primae noctis.
Gottlob. Eine Blutauffrischung.
Aus bestem Tiroler Adel.
Kein Tal in ganz Tirol hat edleres Blut
als das Valangatal.
Jedes Adelsgeschlecht ist dort vertreten.
Nicht dem Namen nach.
Nicht dem Ruf nach.
Aber dem Blut nach.
Über die Grafen Sonnberg.
Denen man zu zinsen hat. Heute noch.
In Butter, Käs' und Korn.
Und in Tagschichten die Männer. Heut´ noch.
In Nachtschichten die Weiber. Einst.

Die jungen, die schönen.
Einst einmal. Heut' nimmer.
Eigentlich schad'.
Bei fünf Familiennamen. Nur. Im ganzen Tal.
Und der Gaudi auf dem Schloss. Und dem guten Essen.
Die Welt ist halt fünf Stunden lang.
Zwölf Höf'. Ein Pfarrer. Ein Schloss.

6.

Die weiße Maus hält still.
Wenn sie nicht still hält, ist sie tot.
Das weiß die kleine Maus.
So geht's ihr gut.
Ein feiner Herr. Ein warmer Sack. Das Futter frei.
Die weiße Maus ist Raethos erster, lebender Besitz.
Sein Eigen.
Bis letzten Sonntag hat er noch nie gelogen.
Nie hat er etwas verschwiegen.
Noch nie hat er etwas versteckt.
Was hätte es auch schon gegeben?
Dass man etwas hätte verschweigen können.
Dass man etwas hätte verstecken können?
Und nun?
Nun wohl. Nun gibt es etwas.
Es gibt eine kleine Gräfin. Auf Sonnberg.
Morgen wird er das erste Mal auf Sonnberg sein.
Beim Grafen.
Und der Gräfin. Und dem jungen Grafen. Und der Comtesse.
Seit letzten Sonntag schleift er einen Granatstein.
Einen kleinen. Heimlich. In der Kammer.
Mit einem Granitstein.
Der Granat schimmert schon rot. Blutrot.
Wie der Sonnenuntergang. Wie sein Herz.
Seit letzten Sonntag.
Als die Grafen vorbeigefahren sind.
Über die Wiesen. Zur Maria Schnee, zur Wallfahrt.

Der Graf, die Gräfin, der junge Graf und die Comtesse.
Morgen wird er das erste Mal auf Sonnberg sein.
Mit seinem Vater.
Um den Zehnten zu entrichten.
In Geld.
Nicht in Butter, nicht in Korn, nicht in Käs'.
In Geld. Weil Onkel Valentin Geld heimbringt.
Klingende Münzen, raschelnde Scheine.
Botschafter der Jenseitswelt. Jenseits von Sonnberg.

*

Die Welt ist fünf Stunden lang.
Von Hochalt bis Sonnberg.
Und dann?
Dann geht sie weiter.

7.

Das Herz des Fünfzehnjährigen stockt.
Weil er von der Schlossbrück' aus in die Welt gesehen hat.
Jenseits von Sonnberg. Jenseits der tiefen Schlucht.
Über die Schloss Sonnberg thront.
In der die Wasser Sonnberg umrauschen. Ewig.
Das Herz des Fünfzehnjährigen stockt.
Weil er über die Schlossbrück' schreitet.
Weil er vor die Grafen treten wird.
Auch vor die Comtesse. So will er hoffen.
Die ihm zugelächelt hat. Am letzten Sonntag.
Bei der Wallfahrt. Kess und keck.
Seit Sonntag schleift er einen Granaten.
Rot, blutrot. Wie der Sonnenuntergang.
Wie sein Herz.
Wie ihre Lippen.
Wie ihr beider Blut.
Wie das Blut der weißen Maus.
Die er in seinem Hosensack trägt.
Der kleinen, lebendigen Maus.
Roter Granat. Weiße Maus.
Rot und weiß. Tiroler Fahn'.

8.

Der Verwalter ist wichtiger als der Graf.
Denn Grafen gibt es deren zwei.
Graf Vater und Erbgraf Sohn.
Baldur und Bardolf. Graf und Erbgraf von Sonnberg.
Verwalter gibt es aber nur einen.
Ihn. Dietho Foffa.
Er kennt die Grafen.
Besser als die Grafen sich selbst.
Weil er schon ihre Eltern und Großeltern kannte.
Und die ganze Verwandtschaft. Die adelige.
Er kennt ihre Vorzüge und Abscheulichkeiten.
Er kennt die Launen und Marotten.
Und ihre Stärken und Schwächen.
Ihre genetischen Defekte.
Und er führt Raitbuch.
Für die Grafen. Seit einundfünfzig Jahr'.
So kennt er auch alle im Tal.
Im Valangatal.
Die hundertfünfzig Seelen, Seele auf, Seele ab.
Verteilt auf die zwölf Höf'.
Er kennt und nennt die Abgaben, Zinsen, Schichten.
Er steht zwischen Herr und Knecht.
Weshalb er die Bauern mit „Er" anspricht.
Auf deutsch die Deutschen.
Auf rumantsch die Rumantschen.
„Nehm' Er Platz."
Blick zum jungen Burschen. „Er auch."
Die Klammsteiner setzen sich.

Im Kabinett.
Die anderen elf Höfer stehn' in der Vorkammer.
Die Klammsteiner zahlen in Geld.
Die anderen elf Höfer in Naturalien.
In Butter, Korn und Käs'.
Müssten die Klammsteiner eigentlich auch.
10 Star Weizen und 20 Star Roggen. 3 Kitz. 10 Hühner und 60 Eier. Nach dem Schnitt.
Und zu Weihnacht 10 Laib Käs' und 10 Laib' Butter.
Steht im Raitbuch.
Der Verwalter Dietho Foffa
zeigt den Klammsteinern das Buch.
Mit strengem Blick klopft er auf die Seite.
Auf ihre Seite im Raitbuch.
Ein fester Blick kommt zurück.
„Wia olm".
Bartholomäus Klammsteiner verliert nicht viel Worte.
Nimmt die großen Scheine aus der Tasche.
Nimmt die kleinen Scheine aus der Tasche.
Legt die Münzen oben drauf.
Die Klammsteiner zahlen in bar.
Seit jeher.

9.

„Herr Klammsteiner!“
Endlich sind sie da. Die Klammsteiner.
Stellt der Graf fest.
Erleichtert. Wie seit langem nicht mehr.
Foffa und die Klammsteiner sind aufgestanden.
Aus Respekt. Aus Achtung. Aus Anstand.
„Gut schauen Sie aus!“
Pause. Lächeln. Spürbares Wohlwollen.
„Sehr gut! Und der stramme Bursch da?“
„Iss’ mei Bua, Herr Graf.“
„So groß? Der Bub!? Ein solcher Kerl! Potzblitz! Wie alt?“
„Fünfzehn, Herr Graf.“
„Fünfzehn? Erst fünfzehn? Schaust aus wie zwanzig!
Na, kommen Sie. Meine Frau erwartet uns zum Tee!“
Dietho Foffa kriegt einen Schlaganfall. Einen leichten.
Der Klammsteiner zum Tee? Mitsamt dem Bursch’?
Beim Graf?
Baldur Graf Sonnberg strahlt wie der Sommertag.
Strahlt wie die Sonne.
Die durch den Arkadengang ins Schloss dringt.
Den ersten Hauch von Wärme durch die Mauern
schleust.
Er geht den Klammsteinern voran.
Erläutert den Bauersleuten den gräflichen Stammbaum.
Anhand der Ahnengalerie.
Die ein Vorfahre im barocken Arkadenhof
hat anlegen lassen.
Und er muss den jungen Burschen anschauen.

Unablässig. Andauernd.
Den Raetho.
Den stattlichen Mann.
Trotz seiner erst fünfzehn Jahre.
Er sieht den wachen Blick des Burschen.
Die schwarzen Haare.
Die blauen Augen.
Die markanten Gesichtszüge.
Die Haltung des Kopfes.
Und er sieht das Konterfei Gisberts III.
Gisberts III., seines Ahnen seligen Gedenkens, Konterfei.
Des letzten mächtigen Herrn zu Sonnberg.
Der einst über's Tal und seine Seelen gewaltet hatte.
Wie weiland der Herrgott persönlich.
Ein Mythos mittlerweile.
Im gräflichen Stammbaum und unter den Talbewohnern, gleichermaßen.
Im Stammbaum hatte sein Ahn' nur zwei Kinder geführt.
Nur zwei.
Aber sonst?
Konnte damals wohl manches Bübelein
und Mägdelein im Tale
ihn zu Recht als leiblichen Vater bezeichnen.
Einstmals. Zu seinen Lebzeiten.
Wer weiß, ob nicht auch dieser Bursch' da …
Der Graf wischt diese Gedanken aus dem Kopf.
Lächelnd geleitet er seine Besucher ins Kaminzimmer.
Wo Gräfin Melisande mit Tee und Gebäck schon wartet.
Und wo die beiden Kinder sitzen.
Bardolf und Siegrun.

Siegrun.
Sieg und Zauber.
Geheimnis.
Raethos Herzschlag setzt aus.
Ich hab' ein Geschenk für Dich, Siegrun.
Roter Granat. Weiße Maus.
Rot, wie meine Lippen. Weiß, wie Deine Haut.
Siegrun.
Geheimnisvolle.
Siegrun. In Raethos Alter.
Wache Augen, lächelnder Mund.
Blaue Augen. Blondes Haar.
Das Schicksal in eigener Hand.
Nicht so ihr Bruder.
Bardolf. Weder Wolf noch Streitaxt.
Dunkel und traurig.
Wie die Mutter. Verhärmt.
Dass man sich mit der Bauernkanaille
an einen Tisch setzen muss.
O tempora, o mores.
Die Klammsteiner besitzen aber etwas.
Etwas, was den Leuten abgeht.
In diesen Zeiten.
Diesen harten Zeiten.
Auch einem alten Grafengeschlecht.
Beziehungen!
Haben die Klammsteiner.
Kanäle.
Quellen im Ausland.
Und Ausland ist hier die Schweiz.

10.

Eigentlich sind's nicht diese Klammsteiner,
die da sitzen,
die die Beziehungen haben.
Eigentlich ist's der Valentin Klammsteiner.
Der Valentin. Der über die Grenzen geht.
Valentin, der Grenzgänger.
Der Bergführer. Der Schmuggler.
Der Krämer, der Karrner, der Seelenhändler.
Der Retter aus der Not.
Der Bruder des Hochaltbauern.
Der jüngere. Der Hofweicher.
Der das Geld heimträgt.
Aus Dankbarkeit.
Dass er der jüngere der beiden Brüder ist.
Dass er den Hof *nicht* übernehmen musste.
Dass er weichen konnte.
Ausweichen.
In die Welt hinaus. Dass er die Welt durchstreifen darf.
Dass er die Welt anschauen kann.

Die Welt ist nicht fünf Stunden lang.
Die Welt ist ein Stück länger.
„Wie lang' ist sie, Valentin?"
„Lang".
„Wie lang?"
„Lang, lang."

So lang, dass er dreimal im Jahr Geld heimbringt.
Der Valentin.
Geld für 10 Star Weizen und 20 Star Roggen. Und 3 Kitz. Und 10 Hühner und 60 Eier. Und 10 Laib Käs' und 10 Laib' Butter. Wie's im Raitbuch steht.
So viel Geld, dass noch was übrigbleibt.

11.

Nach den Tränen war der Alltag gekommen.
1919.
Und die Grenze.
Und die anderen Herrn. Und die andere Fahne.
Sogar ins Valangatal.
War eine Vorhut Alpini eingerückt.
Hatte unterm Falatsch eine Steinhütte erbaut.
Und die Tricolore gehisst.
Und war im Winter verschüttet worden.
Erst im Frühjahr 1920 hatte man die armen Kerle ausgegraben. Und begraben.
Dann war wieder Frieden eingezogen.
Und Stille.
Bis 1922.
Im Herbst zweiundzwanzig hatten sich fünfzehn
Faschisten im Tal wie die Herren der Welt gebärdet.
Drei Tage lang.
Dann waren sie verbläut und geknickt
über Sonnberg hinausgeschlichen.
Und nicht mehr wiedergekommen.
Und das Valangatal war in Dornröschenschlaf gefallen.
Mit einer Burg und allem Drum und Dran.
Wen schert schon dieser weiße Fleck der Landkarte.
„Hic sunt leones".
Sagt der Podestà in Mals.
Wenn das Wort Valangatal fällt.
Weil er lateinisch gebildet ist.
Also ist das Tal neutral.

Wie die Schweiz. An die es grenzt.
Richtiger: An Graubünden.
An die val Lafair, an die Svizra Rumantscha.
Noch genauer gesagt: Ans Paradies.
Weil es im Paradies Zucker gibt.
Und Saccharin. Und Kaffee, und, und ...
Und der Engel, der Zugang zum Paradies hat,
heißt Valentin.
Valentin, der Grenzgänger.
Der Bergführer. Der Schmuggler.
Der Krämer, der Karrner, der Seelenhändler.
Der Retter aus der Not.
Der Bruder des Hochaltbauern.
Der Hofweicher.

12.

„Hast eine Arbeit für mei' Madl?
„Ei woll."
„Wou denn?"
„Samedan. Alte Post".
„Wann denn?"
„Wenn's guat z'Fuaß ist, geam'r heit Nacht."
Valentin, der Seelenhändler.
Der Arbeitsvermittler, der Grenzgänger.
Verschafft Arbeit. In diesen Zeiten!
Valentin, der Grenzgänger. Der Bergführer.
Der jeden Stein kennt. Im Valangatal.
Und jeden Schluff zur val Lafair.
Brauchst was? Frag' den Valentin!
Valentin, der alles aufschreibt.
Im Kopf.
Nie ein Blatt Papier, nie ein Zettel.
Nur im Kopf. Alles geordnet, alles gespeichert.
Valentin, der oft lange weg ist.
Oft, gerade oft, wenn man ihn braucht.
Deshalb kennen alle den letzten Hof.
Den Hochalthof.
Den Bauer, die Bäuerin, den Raetho.
Weil man hineinpilgert, zum Hochalthof.
Um die Wünsche zu deponieren.
Die Bitten. Die Fragen. Die Tränen.
An Valentin, den Grenzgänger.

13.

„Nun denn, lieber Herr Klammsteiner."
Lächelt der Graf wohlwollend.
Und lehnt sich leicht nach vorne.
„Was macht ihr Bruder? Wie geht's ihm denn?"
Aha! Daher weht also der Wind.
Der alte Klammsteiner feixt in sich hinein.
Seit wieviel Wochen werden die Herrschaften schon
gewartet haben? Seit wann wohl?
Nicht auf den Zins, nicht auf den Zehnten. Nein,
auf sie selbst. Haben sie gewartet. Die Grafen.
Wenn die Valangahöfer was brauchen, vom Valentin,
dann kommen sie zum Hof.
Ungeniert. Zur jeder Tages- und Nachtzeit.
Und Balthasar schreibt alles auf.
Die Wünsche. Die Tränen. Die Flüche.
Sehnsüchte für die Jenseitswelt.
Jenseits von Sonnberg, jenseits von Falatsch.
Aber ein Graf?
Kann doch nicht zum Bittsteller werden.
„Warum nicht?"
„Willst Du Deine letzte Würde verlieren, Baldur?"
„Wenn es um Deinen Leib und Dein Leben geht,
dann ja, Melisande."
„Bei einem Bauern, Balduuur!"
Beim letzten Bauern auf dem letzten Hof.
Auch wenn's der einzige Bauer ist, der den Zehnten
in bar entrichtet.
Der auch Lesen und Schreiben kann.

Geht nicht! Geht doch nicht.
Also warten die Grafen auf den Zinstag.
Steigen auf den Bergfried, halten Ausschau.
Wie weiland nach Feind und Freund.
So nach dem Hochaltbauern.
Dem Bruder vom Valentin, dem Hofweicher.
„Dem Bruder geht's gut, Herr Graf."
Ja, und?
Und? Fragen die gräflichen Augen.
Will er nichts weiter von seinem Bruder erzählen?
Wo der Valentin gerade umgeht? Was er gerade unternimmt?
Dass man einhaken könnte.
In den Diskurs.
Um dann vom Allgemeinen zum Besonderen zu kommen.
Den Balthasar Klammsteiner interessiert das Besondere schon auch.
Aber er will's vom Grafen selber hören.

14.

Und dann, was will schon einer reden, der's Reden nie gelernt hat.
Ein Wort da, ein Kopfnicken drüben.
Die Frau versteht's. Der Raetho auch.
Und's Vieh versteht die Knute.
Mehr braucht es nicht.
In seinem Leben. Auf Hochalt.
Beten schon.
Beten könnt' er.
Aber die Grafen machen ihm nicht den Eindruck, dass sie just das Vaterunser gern hören täten.
Vom freudenreichen Rosenkranz gar nicht die Red'.
Also sitzt der Klammsteiner, Balthasar, Hochaltbauer, Bruder vom Valentin, dem Grenzgänger, dem Hofweicher, im besten Zimmer des Grafen.
Mit dem Grafen und seiner Frau. Und deren Kindern.
Und mit Raetho, seinem Buben.
Und trinkt Tee. Zum ersten Mal in seinem Leben.
Wartet und trinkt Tee.
Mit Rum.
Viel Rum, wenig Tee.
Der Graf reicht seiner Frau lächelnd das
Riechfläschchen.
Die es erstaunt aus seiner Hand nimmt und ihn mit offenem Munde anschaut.
„Also, lieber Herr Klammsteiner", beginnt der Graf, „wir brauchen Sie, oder besser, wir brauchen Ihren Bruder, den Herrn Valentin Klammsteiner",

die Gräfin riecht hektisch an ihrem Fläschchen, um sich nicht die Blöße einer Ohnmacht vor den Bauersleuten zu geben, „*Herr Klammsteiner*“, hat er gesagt, ihr gräflicher Mann, „*HERR Klammsteiner*, und „*wir brauchen Sie*“, hat er gesagt, ihr Mann, „*WIR brauchen SIE*“.

15.

Raetho zieht behutsam die kleine Maus aus seiner Tasche.
Die weiße Maus.
Hält sie zwischen seinen Händen.
Im Hohlraum.
Das Köpfchen der weißen Maus lugt lustig hervor.
„Für Siegrun".
Was zuviel ist, ist zuviel.
Riechfläschchen hin, Riechfläschchen her.
Mit einem Seufzer sinkt die Gräfin in die Kissen.
In eine wohltuende Ohnmacht.
Siegrun strahlt.
Wie noch nie in ihrem Leben.
Eine Maus! Eine süße Maus hat er ihr gebracht!
Dieser herrliche Bauernbursch'.
Vom dem sie seit letzten Sonntag verbotene Träume träumt.
Seit der Familienwallfahrt zur Maria Schnee.
Im hintersten Valangatal.
Dem „letzten Damm".
Wie Vater ironisch gemeint hatte.
Ihr Vater, der seit geraumer Zeit schon mit Valentin, dem Grenzgänger, Kontakt hatte aufnehmen wollen.
Aber seiner Frau zuliebe, seiner um alte Sitten und gewachsener Tradition besorgten Frau zuliebe den Kontakt hinausgeschoben hatte.
Und hinausgeschoben und immer wieder hinausgeschoben.

Auch in eine Familienwallfahrt zur wundersamen Maria Schnee, im hintersten Valangatal, hatte er noch eingewilligt.

Zu der wundertätigen Lieben Frau in der alten Knappenkapelle.

Noch immer gräfliches Eigen, seit langem aber arg heruntergekommen.

„Nun denn, Melisande, wenn Du meinst …"

Unsere liebe Frau Maria Schnee hatte im doppelten Sinn keine Wunder gewirkt.

Erstens, war das Leiden seiner Frau weiter gegangen.

Durch die übermäßige Anstrengung der holprigen Fahrt und des strengen Marsches vielleicht sogar verschlimmert worden.

Zweitens, war ihr nicht erspart geblieben, die Bauersleut' zum Tee zu bitten.

Der Graf weiß, dass seine Frau den letzten Schritt zur Demut getan hat.

Es kann nur mehr aufwärts gehen mit ihr.

Seelisch und körperlich gleichermaßen.

„Vielleicht ist dies das eigentliche Wunder der Maria Schnee."

Sinniert der Graf.

Und schaut liebevoll auf seine Frau.

Die in gespielter Ohnmacht die Augen geschlossen hält.

Um nicht teilnehmen zu müssen an der Freude ihrer Tochter.

An der kindischen Freude über eine scheußliche Maus.

Die ihr dieser Bauernbursch gebracht hat.

Dieser freche Lümmel.

Der es gewagt hat, die Angelegenheit Erwachsener zu unterbrechen.
Diese Bauernkanaille.
Die es gewagt hat, ihrer Tochter ein Geschenk mitzubringen.
Und was für eines!

16.

Im Tal dampfen die Nebel.
Rosenfingrig huschen die ersten Sonnenstrahlen über die Schwaden, lösen die Fäden dieses fließenden Gewebes, ziehen rotgoldene Streifen ins frische Blau, in den zeitlosen Augenblick zwischen Diesseitsland und Jenseitsland, wo die Zeit inne hält, der Herzschlag aussetzt, Gottheiten lächeln, die Nacht schon nicht mehr da ist und der Tag noch nicht wach, es ist der Augenblicksbruchteil zwischen dem Fall der Nachtgöttin und der Auffahrt des Sonnengottes, der Bruchteil des Bruchteils, der anfangs alles war, der sich das Licht gebar, wiederkehrend in endlichen Zyklen, bis zu jenem Tage, an dem ein Lächeln dem Räderwerklauf Einhalt gebieten wird.

Das Große Schweigen ist der Nibelung dieser Stunde.

Aus den Tümpeln dampft warmer Nebel.
Erste Frösche quaken in den Morgen.
Sieben Vögel schweben langsam ein.
Riesenvögel.
Herzschläge setzen aus.
Raetho erstarrt. Der Valentin auch.
Der Leitvogel löst sich aus der Formation.
Kreist zwei Mal um das Hochgebirgsmoor.
Mit heißerem Schrei landet er in dessen Mitte.
Nacheinander setzen die anderen auf.
Frösche verstummen.

Nebel gebadete Lichtfinger schreiben flimmernde
Schatten in die Zeit.
Die Sonne geht im Osten auf.
Die Sonne geht im Westen unter.
Seit alters her.
Seit alters her kommen die Vögel.
Die Zugvögel.
Die Kraniche.
Woher sie kommen?
Wohin sie fliegen?
Nur der Herr weiß es.
Und dass sie kommen, weiß nur der Valentin.
Und dass sie nur an dieser Stelle landen. Und wann sie
kommen. Weiß auch nur der Valentin.
Und seit heute auch der Raetho.
Raetho, der Mann.
Seit diesem Morgen der Mann.
Teilhaftig am Geheimnis.
Am tiefsten Geheimnis des Valentin.
Am sorgsamst gehüteten.
Von Valentin, dem Grenzgänger.
Der nicht nur Grenzen überschreitet.
Der auch Grenzen versetzen kann.
Raetho weiß es.
Seit diesem Augenblick.
Seit sieben Kraniche auf einem warmen Hochmoor
gelandet sind.
Von dem niemand weiß.
Vater nicht, der Pfarrer nicht, der Graf schon gar nicht.
Niemand weiß um das warme Hochmoor. Über der

Waldgrenz' im Ravinatal.
Einem Seitental vom Valangatal.
Niemand weiß um sieben Kraniche.
Nur Valentin. Und er.
Raetho erkennt in diesem Augenblick, dass Valentin ihm vertraut, wie keinem anderen Menschen auf der Welt.
Dass Valentin ihn liebt, wie keinen anderen Menschen auf der Welt.
Dass Valentin ihm seine Seele geöffnet hat.
Ohne Worte.
Am Anfang war die Tat.
Am Anfang stand die Geste.
Am Anfang klang nicht das Wort. El Kalam. ὁ λόγοσ.

17.

Seit einem Jahr gibt's im Valangatal zwei Grenzgänger.
Valentin und Raetho.
Onkel und Neffe.
Wenngleich die Lästerzungen im Tale raunen, dass Raetho der leibliche Sohn des Valentin Klammsteiner sei.
Und wenn?
Welcher Unterschied ergäbe sich?
Gleiches Fleisch, gleiches Blut.
Der Valentin legt sich im Winter zum Balthasar und seiner Frau ins Ehebett.
Wenn er von seinen Streifzügen heimkommt.
Ist eine Tatsach'.
Wo wär's im Winter auch feiner?
Und wärmer?
Wenn nicht im Bett der beiden Eheleut'.
Die ihre Kammer über dem Stall haben.
Somit über eine Heizung erster Klasse verfügen.
Eine kostenlose noch dazu.
Wen stört schon der Stallgeruch?
Höchstens den Grafen.
Aber der kommt ja nur bis in die Stube. Einmal im Jahr. Wenn überhaupt. Die man im Winter nur karg beheizt.
Weil's wenig Holz gibt, im Valangatal.
Und weil man die besten Lärchen zum Kandlnmachen braucht.
Und die Winter lang sind. Und kalt. Aber schneearm.

Schade. Denn der Schnee wär' Wasser.
Und Wasser fehlt.
Im Valangatal. Seit alters her.
Seit alters her kommt zu wenig Regen, kommt zu wenig Schnee.
Die Ortlerberg' halten die Südwolken ab.
Die Silvretta und die Sesvennaberge die Nordwolken.
So vertrocknet alles, was nicht g'wassert wird.
Seit alters her. Ist es so.
Im Sommer liegt der Valentin im Stadl. Auf dem Heu. Oder auf der Wies'n. Unter den Sternen. Oder in seinen Unterschlüpfen. Im Gebirg.
Die nun auch der Raetho kennt.
Alle. Oder fast alle. Weil er ja erst ein Jahr mit über die Grenzen geht.
Zu der Svizra Rumantscha kennt er nun alle Steige und Schlüffe.
Und Unterschlüpf. Vor dem Wetter. Und vor den Grenzern.
Ins Veltlin runter auch.
Nur ins Tirolische, in die alte Heimat, nimmt der Valentin den Raetho nicht mit.
Weil man vom Valangatal nicht direkt ins Tirolische kommt. Zu hoch die Berge dort. Zu steil. Zu felsig. Zu brüchig. Und zu viele Gletscher.
Weil man zuerst ins Schlinigtal, oder ins Hauptal, in den Vintschgau, absteigen muss.
Und dort haben die Faschisten einen Alpenwall gebaut.
Den Österreichern zur Ehr'.
Und dem kommenden Großdeutschen Reich zur Wehr'.

Und patroullieren Tag und Nacht.
Und schießen scharf. Ohne Warnung.
Kann man einen jungen Bursch nicht mitnehmen.
Noch nicht. Später vielleicht.
Auch wenn's ein Teufelskerl wie der Raetho ist.
Der klettert, wie kein Zweiter.
Der buggelt, wie kein Zweiter.
Der schweigen kann, wie kein Zweiter.
Oft sind sie drei Tage unterwegs.
Zwischen Waldgrenze und Himmel. Laufen fünf Stunden, rasten eine Viertelstunde, schlafen eine halbe Stunde, laufen fünf Stunden, drei Tage lang.
Sprechen kein Wort miteinander. Drei Tage lang.
Was gibt's auch schon zu sagen?
Zwischen Himmel und Erde.
Verbrannt von der Sonne. Ausgefroren vom Frost. Durchweicht vom Regen. Geküsst vom Föhn.
Und von der Muma Veglia.

18.

Und geküsst von Siegrun.
Raethos Tages- und Nachttraum.
Um deretwillen er zum Zugvogel geworden ist, zum Grenzgänger.
Zum Liebenden und Geliebten.
„Meine Gemahlin benötigt unbedingt folgende Medikamente, Herr Klammsteiner …“.
Und Valentin war über die Grenz’ gezogen.
Denn in die Schweiz kommt nur der Valentin.
In diesen Zeiten.
Diesen harten Zeiten.
Wo man auch auf Sonnberg enge Gürtel trägt.
Und hatte den Raetho mitgenommen.
Weil der Raetho da gestanden war.
In der Früh. Um vier. Vor dem Abmarsch.
Hell war es schon geworden.
Der Himmel klar und hart.
Wie das Glitzern in Raethos Augen.
„Packmer’s.“
„Woll.“
Klare Entschlossenheit.
Harte Entschlossenheit, kein Weg zurück.
Kein Wort zuviel.
Kein Schritt zuwenig.
Zwei Tage Einsamkeit. Zwei Tage Stille.
Wundervolle. Unerhörte Stille.

*

Die Welt ist tausend Stunden lang.
Seit vielen Stunden.
Seit Raetho die Grenz' überschritten hat.
Die äußere.
Die innere.
Seit er Grenzgänger geworden ist.
Auch er.

19.

Raetho mit den Medikamenten.
Auf Sonnbergs Zugbrücke.
Wieder einmal.
„Geb' er die Sachen her."
„Na!"
„Geb' er her, sonst lass' ich ihn verprügeln!"
Raetho hält das Paket über den Abgrund.
Ohne Worte.
Dietho Foffa verschlägt es die Stimme.
Selbst ihm. Dem Wortgewandten.
Der Grauen Eminenz. Dem Gefürchteten.
Dem Herrscher über Sonnberg.
De jure ist's der Graf.
De facto ist's der Foffa. Oder fast.
Er braucht den Grafen, der ihn legitimiert.
Der Graf braucht ihn, den Handlanger.
Den Prellbock. Den Vorfilter.
Und dass ihm jemand auf dem Schloss nicht gehorcht,
ist dem Foffa noch nie widerfahren.
Nicht einmal von den gräflichen Kindern.
Entsetzt steht er da. Angewurzelt.
Offenen Mundes. Unfähig das Geschehen zu erfassen.
Also marschiert der Raetho an ihm vorbei.
Nimmt den Weg vom letzten Mal.
Vorhof, Arkadengang, Vorzimmer, Kabinett.
Klopft an jede Tür. Kurz und entschlossen.
Da niemand antwortet, geht er weiter.
Von Zimmer zu Zimmer.

In einem Vorzimmer trifft er auf eine Magd.
„Zum Grafen, bitt' schön!"
Und da er ist, wo er steht, führt ihn die Magd wortlos zum Grafen.
Sie kennt den Herrn nicht.
Aber wenn ihn der Foffa reingelassen hat …
Und wenn er eh' schon weiß, wo der Graf zu frühstücken pflegt. Dann wird's schon stimmen.

20.

In der Arundastub' tafelt die gräfliche Familie.
Lähmendes Entsetzen. Einerseits.
Eine Woge heißer Zuneigung. Anderseits.
Gräfin Melisande ringt nach Luft. Gegen die Ohnmacht.
Raetho und Siegrun ringen nach Luft. Vor Zuneigung.
Erbgraf Bardolf sitzt gelähmt. Vor dem Frühstücksei.
Graf Baldur lächelt. Endlich.
Ist der Einzige, der die Situation in den Griff bekommt.
Die Peinlichkeit. Im Negligé vor einem Bauern zu sitzen.
Beim Frühstück.
„Bitte, Herr Klammsteiner junior, nehmen Sie Platz."
„Vergelt's Gott, Herr Graf."
„Möchten Sie eine Tasse Tee? Oder lieber Kaffee? Brötchen? Butter? Marmelade, Honig? Bitte", der Graf wendet sich der Magd zu, „bitte, würden Sie ein weiteres Gedeck auftragen …"
„Vergelt's Gott, Herr Graf, recht gern."
Das Päckchen mit den Medikamenten stellt der Raetho in die Mitte des Tisches.
In die Mitte.
In den Mittelpunkt.
Seine Legitimation.
Sein Schlüssel.
Zum Paradies.

21.

Hochwürden Anton Mairösl kommt von Gott.
Persönlich.
An vielem zweifeln die Valangataler.
An ihrem Pfarrer nicht.
Auch wenn er ein „Cavaliere“ ist.
„... essendo fascista convinto e per meriti particolari per il Regno italico.“
Hochwürden Mairösl ist Pragmatiker.
Was hülfe es, gegen die neuen Herrscher zu hetzen?
Auch wenn sie gottlose Barbaren sind?
Fürstbischof Johannes Geisler gewährt seinem Dekan zunächst freie Hand.
„Um das Wohl der Herde, müssen wir besorgt sein.“
„Sehr wohl, Exzellenz“.
„Auch wenn es uns oft schwer fällt.“
„Jawohl, Exzellenz“.
„Geben Sie den Barbaren keine Angriffsfläche“.
„Sehr wohl, Exzellenz“.
Aber als sein Untertan Hochwürden Anton Mairösl von den Faschisten zum Cavaliere geschlagen wird, stößt es seiner Exzellenz doch ziemlich sauer auf.
Hochwürden Anton Mairösl ist zu dieser Zeit Pfarrer und Dekan in Wäls.
Und als zum „Cavaliere“ noch der Ehrentitel eines „Gran Fascista“ dazu kommt, platzt seiner fürstbischöflichen Exzellenz der violette Kragen.
Hochwürden Anton Mairösl, seines Zeichens Cavaliere und Gran Fascista durch königliche Dekrete, findet

sich als Pfarrer im Valangatal wieder.
In der Verbannung.
Am End' der Welt.
Bei hundertfünfzig Seelen. Seele auf, Seele ab.
Halb deutsch, halb rumantsch.
Katholisch dem Taufschein nach. Wenn überhaupt.
Eine Pfarrei ohne Einkommen. Ohne Knecht, ohne Magd.
Sieben Hektar Äcker und Wiesen. Als Besitz.
Vertrocknet, verbrannt, vermaledeit. Ohne Wasser.
Da geht's ans Eingemachte. Da geht's ums Leben.
Also studiert Hochwürden Anton Mairösl die verstaubten Rechte und Pflichten des Pfarrinhabers.
Das erste Privileg des Pfarrers der Pfarre zum heiligen Florinus im Valangatal ist die Stelle als Schlosskaplan zu Sonnberg.
Die jährlich ein kleines Sümmchen abwirft.
Abwerfen sollte.
Hochwürden Anton Mairösl wird im Schloss vorstellig.
Zähne knirschend willkommen geheißen.
In seine alten Rechte eingeführt.
Das zweite Privileg ist das Wasserwossr in der Road.
Verbriefte Rechte in der Linken, das Kruzifix in der Rechten, steht der Pfarrer am Lostôg vor der versammelten Bauernschaft.
Und erstreitet seine Roadtôg.
Und seine Furchen Wasser.
Verwandelt seine Wüstenwiesen in einen Garten Eden.
Und seine Valangataler in gläubige Christen.
Nicht durch wortgewaltige Predigten.

Nicht durch Drohung mit Feuer und Schwefel.
Nicht durch übermäßige Frömmigkeit.
Allein durch seine Fähigkeit, ein guter, ein erfolgreicher, ein gewitzter Bauer zu sein.
Das beste Korn wächst auf seinem Acker.
Das schönste Gras gedeiht auf seinen Wiesen.
Die besten Früchte trägt sein Garten.
Die fetteste Milch geben seine Kühe. Die schönste Wolle tragen seine Schafe. Die schmackhaftesten Eier legen seine Hennen.
Was er im Jahreskreis zum Leben braucht, legt
Hochwürden Mairösl in Vorratskammern an.
Was an Überschuss bleibt, verkauft er ins Tal.
Auf dem Markt zu Mals. Oder gar in Meran.
Mit dem ersten Geld kauft er fünfhundert Meter Rohre.
Und sie legen den alten Birkenwaal neu.
Der sonst dreimal im Jahr zerschlagen wird. Vom Steinschlag.
Eine neue Trasse, hat er ausgekopft, der Pfarrer.
Mitten durch die Felsbrüche legen sie die Rohre.
Und der Pfarrer selbst legt Hand an.
Lässt sich die steilen Wänd' hinunter seilen, um die Rohre aufzuhängen. Schlägt Felshaken, legt Seile, baumelt tagelang überm Abgrund. Lässt niemand anderen hinunter.
In die grausige Tiefe. Zwischen Himmel und Hölle.
„Ihr habt's ja Frauen und Kinder."
Und damit hat sich's.
Nach fünf Wochen liegt er da. Der neue Waal. Der neue Birkenwaal.

Der Herrenwaal. Wird er später genannt werden.
Bis auf Trucknawies.
Vierundzwanzig Hektar Land gewinnen sie hinzu.
Fürs erste Jahr.
Zwei Hektar pro Hof. Im Winter a bissl Hunger weniger.
Und die Kirch' ist jeden Tag voll.
Und gebeichtet wird wieder. Wie früher.
Und kommuniziert, dass es eine Freud' ist.
Auch wenn er alles im Sitzen macht. Der Herr Pfarrer.
In der Kirch'. Weil er zum Stehen nicht mehr die Kraft hat.
Nach drei Jahren hat der Pfarrer seine Schafl'n fest im Griff.
Auch die schwärzesten.
Und den Grafen dazu.
Weil er auf seinen Lohn als Schlosskaplan verzichtet.
Sich dafür aber freien Zugang zur Schlossbibliothek ausbedingt.
Ein guter Handel. Für alle beide.
Hochwürden Anton Mairösl kommt in den Genuss von dreißigtausend Büchern.
Der Graf in den Genuss geistigen Gedankenaustausches.
Erster Güte. Denn Hochwürden Anton Mairösl ist ein hoch gebildeter Mann. Und nichts ist ihm fremd. Und niemals mischt er sich in gräfliche Angelegenheiten.
So er nicht ausdrücklich dazu aufgefordert wird.
Er nimmt allen die Beichte ab.
Dem Herrn und dem Knecht.
Und schweigt.
Ein Hirte, der zu seiner Herde passt.

Denn, was gibt's auch schon zu reden? Im Valangatal?
Die Sonne geht im Osten auf.
Die Sonne geht im Westen unter.
Tu es sacerdos in aeternum.

22.

„Hat man Sie eigentlich nie erwischt?“
„Woll, woll!“
Der Pfarrer schlägt das Wasserblech weiter.
Schaut dem murmelnden Wasser zu.
Wie es langsam durch die Halme fließt.
Langsam in den Boden einsickert.
Langsam wassern! Erstes Gebot.
Stâât wassern, langsam und gut.
Dass das Gletschermehl fein liegenbleibt.
Dass man koan Fux außischwenzt.
Wassern ist Kunst.
Richtig Wassern ist Philosophie.
Und Gottesdienst. Ad maiorem Dei gloriam.
Bei den steilsten Wiesen bittet er meistens um Hilfe.
Und meistens den Valentin.
Der ihm auch meistens bei der Heuarbeit zur Hand geht.
Wenn er da ist. Der Valentin.
Stundenlang stehen sie schweigend im Wasserwossr.
Kehren ein. Vom Tragwaal in den Pinggér in die Ilzen.
Schlagen Wasserbleche.
Geben sich Zeichen.
Rücken weiter.
Stâât, kamott.
Wassern, den ganzen Tag, die halbe Nacht.
Langsam und gut.
Richtig Wassern ist Gottesdienst.
Und beginnt mit einem Gebet. Auf Latein.

Endet mit erhobenen Händen.
Mit einer Litanei. Auf Latein.
Die Bauern sehen also, dass der Pfarrer ein Zauberer ist.
Der mit den Winden spricht. Und mit den Geistern.
Der Pfarrer ist ein Beschwörer.
Von den Fluren. Von Wind und Wetter.
Von Mensch und Tier.
Wenn eine Kuh brüllt, ruft man den Pfarrer.
Damit er das Tier bespreche. Und die bösen Geister aus dem Vieh austreibe.
Und wenn die Frauen im Kreißen brüllen, ruft man ihn auch.
Geht's gut, ist's recht. Geht's schlecht, hat man den Pfarrer gleich bei der Hand. Für die letzte Ölung.
Und seit der Pfarrer da ist, ist noch keine Frau draufgangen.
A Tschoppele woll, und a gsunds Kind a nou, aber sonst niemand.
Der Pfarrer kann es also, mit den Geistern.
Den guten und den bösen.
Er hat sie im Griff. Und das Wetter auch.
Und Humor hat er auch, ihr hochwürdiger Herr.
Das letzte Jahr war wieder einmal ein ganz trockenes Jahr. Wochenlang kein Tropfen. Nur blauer Himmel.
Und eine heiße Sonne im blauen Himmel.
Also will man eine Bittprozession um einen warmen Regen veranstalten. Von Sonnberg bis Maria Schnee.
„Keine Rede", lässt der Pfarrer die Bittsteller wissen.
„Warum nicht, Hochwürden?"

„Noch ist ja keine Wolke am Himmel. Was soll dann ein Bittgang um Regen?“

Eine Woche später. Noch immer blauer Himmel. Und eine heiße Sonne im blauen Himmel.

Der Pfarrer ruft zum Bittgang für Regen.

Endlose Rosenkränze leiernd schlurfen die Valangataler durchs Tal. Kopfschüttelnd. Schwitzend.

Am Abend braut sich was zusammen. Hinterm Falatsch.

Schwarze Wolken, dicke Wolken, schöne Wolken.

„Morgen regnet's“, sagt der Valentin.

Der sich mit dem Wetter ja auch auskennt.

Und am nächsten Tage regnet's.

Drei Tage lang. Langsam und warm.

Wenn sie den Pfarrer nicht hätten!

„Und,“ fragt Hochwürden Anton Mairösl den Valentin Klammsteiner nach fünf Stunden Wassern, „wie ist's, wenn man erwischt wird.“

23.

„Ja mei, als der Herr Rat noch da war, das waren noch Zeiten!“

Der Rat, das ist der löbliche k.u.k. Oberlandesgerichtsrat Dr. Franz Joseph Preindlsberger.

Ein Revolutionär auf dem Richterstuhl zu Glurns.

Trotz, oder vielleicht gerade wegen seiner bedingungslosen Treue zum österreichischen Kaiserhaus.

Ein Richter, der alle seine Pappenheimer kennt.

Die guten und die bösen.

Und der den alternativen Strafvollzug erfindet.

So um die Jahrhundertwende.

Wenn's angebracht ist.

Was hülfe es schon, den guten Valentin für einen Monat in den Karzer zu stecken?

Weil ihn die Landjäger wieder einmal mit Schmuggelware aus der Schweiz erwischt haben.

Gar nichts.

Man würde ihn höchstens derwilden, den Teufelskerl.

Und die Gemeindekassa belasten. Für die Katz.

Also verknackt er ihn zu kostenlosen Leistungen für die Allgemeinheit.

„Drei Meter Holz im Spital zu Mals“.

„Sehr wohl, Euer Ehren“.

„In einer Woche!“

Valentin schluckt. Sapperlot. Das wird Muskelschmalz kosten.

„Und zehn Tage Arbeit beim Rampitschenwaal in Taufers“.

„Jawohl, Euer Ehren."
„Und schlafen tun Sie abends im Karzer. Und fürs Essen müssen Sie selber sorgen."
„Sehr wohl, Euer Ehren".
So erreicht der Richter mehrerlei: Der Justiz ist Genüge getan; das Rechtsprinzip und die Form sind gewahrt; die Allgemeinheit zieht einen Nutzen; der Missetäter wird nicht gebrandmarkt, er empfindet seine Verurteilung nicht zu hart, er bleibt dem Staatswesen loyal.
Anfang Neunzehnhundert.
Valentin lächelt.
„Der gute Herr Rat! Ist an gebrochenem Herzen gestorben. Als sie die österreichische Fahne eingezogen und die italienische aufgezogen haben. Am Gerichtssitz."
Das Blatt wendet sich radikal.
Der Faschist, der dem verehrten Oberlandesgerichtsrat Preindlsberger gefolgt war, hatte ihn auf Anhieb zu einem halben Jahr Straflager auf irgendeiner Insel im Mittelmeer verknackt.
Der Valentin, der sich eigentlich nur den neuen Herrn auf dem Richterstuhl hatte anschauen wollen, und sich gutmütigerweise von ein paar Finanzern hatte schnappen lassen, kommt als Gerippe zurück.
Und von einem heillosen Zorn beseelt.
Aber Italienisch hat er gelernt. Wenigstens etwas.
Selten ein Schaden, wo nicht auch ein Nutzen.
Schnappen lässt er sich nicht mehr.
Wozu auch?

„Und wenn sie den Raetho erwischen täten?"
Fragt der Pfarrer.
Und schaut dem Valentin direkt ins Gesicht.

24.

Mutter stellt das Mus auf den Tisch.
Mutters knorrige Hände rühren noch einmal um.
Falten sich dann zum Gebet.
Mutters Hände.
Das Einzige was Raetho von Mutter kennt.
Wirklich kennt.
Erkennt.
Immer vor Augen hat. Wenn er an sie denkt.
Mutters Hände.
Nicht ihr Gesicht.
Nicht ihre gekrümmte Gestalt.
Nicht ihre Stimme.
Obgleich sie ausdauernd betet.
Mehrmals am Tag.
Obwohl er gerne ihren Gebeten lauscht.
Ihrer Inbrunst.
Ihren endlosen Rosenkranzlitaneien.
Und Fürbitten. Und Bekenntnissen. Und Anrufungen.
Kein Bischof kennt die Heiligen besser als die Rosina Klammsteiner, geborene Tschenett.
Kein Bischof kennt die für jedes einzelne Gebrechen zuständigen Heiligen genauer als die Rosina vom Hochalthof.
Höchstens noch Hochwürden Mairösl.
Der beim Beten der Litaneien aber bei weitem nicht die Inbrunst der Rosina Klammsteiner an den Tag zu legen vermag.
Also befragt man seit alters her die Rosina, an welchen

Heiligen man sich zu wenden habe.
Bei Gicht und bei Rheuma.
Bei Furunkeln und bei Hühneraugen.
Bei Halsweh und bei Husten.
Bei Unglück und bei Liebeskummer.
Und welche Gebete wirkungsvoller seien
Und welche schneller hülfen.
Hochwürden Anton Mairösl hatte bald die ehrliche Frömmigkeit der Rosina Klammsteiner erkannt.
Und gut geheißen.
Nie hätte sie eine Gegenleistung für einen Heiligenrat angenommen. Nie hätte sie mehr als den richtigen Schutzheiligen für das besondere Problem empfohlen. Nie hätte sie Schindluder mit selbst fabrizierten Devotionalien und ähnlichen Scheußlichkeiten getrieben.
Eine Ehrenfrau.
Durch und durch.
Raethos Mutter.
Knorrige Hände, vertrocknete Gestalt.
Einst das fescheste Madl im Valangatal.
Nach einem Jahr Ehe das erste Kind.
Ein Bub.
Raetho, der Räter. Der Kelte.
Der Mutter des Balthasar zur Ehr'. Der Schwiegermutter.
Die eine Rumantsch war.
Im zweiten Jahr das zweite Kind. Eine Fehlgeburt.
Die dritte Fehlgeburt im vierten Jahr.
Im fünften die fünfte.
Und noch zwei.

Dann war ihr Schoß vertrocknet.
Und ihre Seele auch.
Aus dem feschen Madl war eine knorrige Frau geworden.
Noch schweigsamer. Noch fleißiger. Noch frömmer.
Als müsste sie Abbitte leisten.
Für ihre unfruchtbare Existenz.
Für ihr nutzloses Dasein als Gebärerin.
Der Bub ist ihr Alles. Der Raetho.
Wenn sie nur reden könnt'! Wenn sie nur dürft'!
Dann möcht' sie ihm wohl sagen, wie sehr sie ihn liebt.
Aber was kann sie schon sagen?
Sie, die sie nur gelernt hat zu gehorchen.
Und zu arbeiten. Tag und Nacht. Jahrein, jahraus.
Nur beim Beten kann sie reden.
Und beim Beichten. Soll sie reden.
Ihre Sünden bekennen.
„Welche Sünden, oh Herr?" fragt sich der Pfarrer.
Und schlägt das Kreuz: „Ego te absolvo, in nomine patris et filii et spiritus sancti."
Und weil die Rosina zögert, einen Bruchteil zögert,
bleibt das Beichtgitter offen.
„Der Raetho geht mit'n Valentin über die Berg'."
Lange Pause.
„Und bringt die Medizin aufs Schloss."

25.

Bilsenkrautöl, Kampfergeist, Ameisengeist, Senfgeist, Tannenzapfenöl, Jodtinktur, Chloroform zu gleichen Teilen.
Langsam mischt Hochwürden Anton Mairösl die Flüssigkeiten.
Wie ihm einst der Apotheker zu Mals, der löbliche Herr Magister Ludwig Pöll, Gott hab' ihn selig, gelehrt hat.
Der ihn auch gelehrt hatte, *welche* Kräuter und *welche Teile* der Kräuter für welche Gebrechen zu sammeln wären. Und *wann* sie zu sammeln wären. Und wie sie zu sammeln seien. Und *wie* sie zu trocknen seien. Und wie zuzubereiten. Und welche Kräuter absolut zu vermeiden wären. Alte Volksmeinung hin, alte Volksmeinung her.
Hochwürden Anton Mairösl legt seine schwieligen Hände auf die schmerzende Stelle des Kaschonbauern.
Schließt die Augen. Murmelt ein Gebet.
Dann gibt er ihm die Flasche mit der Einreibung.
„So, Kaschonbauer. Vor Gebrauch schütteln. Dreimal täglich die schmerzende Stelle a bissl einreiben."
„Vergelt's Gott, Herr Pfarrer."
Kleine Pause.
„Schuldigkeit?"
„Geh' mit Gott. Der nächste!"
Mittwoch, nach der Frühmess', ist Heiltag.
Jede Woch' um sechs.

26.

„Du willst Dich also nicht versöhnen?“
Hochwürden Anton Mairösl hat sein ganz spezielles Lächeln aufgesetzt.
Das mit den hängenden Mundwinkeln.
Jetzt wird's haarig.
Wenn der Pfarrer einmal dieses Lächeln im Gesicht sitzen hat, dann brennt's.
Die kleine Zuhörerschaft hofft aufs Schlimmste.
Weil dem Wegbauern Crispin Daporta eine Tracht Prügel gut täte.
Endlich einmal.
Diesem notorischen Wasserstehler.
Der die Roaden nicht einhält.
Der Landfurchen nimmt. Wenn ihm Bergfurchen zustehen.
Der immer Ausreden hat, wenn's um die G'moanarbeit geht.
Der Wegbauer fängt an zu schwitzen.
Und zu zittern.
Aus Angst und vor Zorn.
Dann gibt er nach.
Und dem Planöfbauern die Hand.
Und dem Planöfbauern die gestohlenen Landfurchen Wasser zurück. Morgen und übermorgen.
Verspricht die Roaden einzuhalten.
Und sich an der G'moanarbeit wieder zu beteiligen.
Hochwürden Anton Mairösl ist Richter.
Allseits anerkannter Friedensrichter.

So wie er auch Landarzt ist. Und Apotheker.
Und Seelenarzt. Und Tierarzt.
In der Not frisst der Teufel Fliegen.
Und wird der Pfarrer zum Richter.
Und zum Arzt. Zum Apotheker, Seelenarzt, Tierarzt.
Ohne Studium und ohne königliches Dekret.
Allseits anerkannt.
Auch wenn er Cavaliere und Gran Fascista ist.

27.

„Könnten der Herr Graf, bittschön, das Radio einschalten?“
„Aber gern, Hochwürden.“
Sonntag. 13,00 Uhr. Auf Schloss Sonnberg.
Der Herr Schlosskaplan hat mit der gräflichen Herrschaft zu Mittag gespeist.
Viermal im Jahr.
Zu Weihnacht. Zu Ostern. Zu Kirchtag.
Zum Geburtstag des Grafen.
Zwar kommt er dreimal die Woche aufs Schloss.
Geht in die Bibliothek.
Leiht Bücher. Bringt Bücher zurück.
Unterhält sich mit dem Grafen. Und mit Dietho Foffa.
Horcht immer Radio.
Angenehm, so ein Gerät.
Wenn man Strom hat.
Strom hat im Tal nur der Graf.
Und auch erst seit zwanzig Jahr.
Also setzen sich der Graf und Hochwürden in die schön getäfelte Arundastube.
Schalten das Radio ein.
Horchen die Nachrichten.
Weil Zeitung ohnedies keine ins Valangatal kommt.
Horchen alle möglichen Sender.
Deutsche, italienische, französische, englische.
An sprachlicher Bildung fehlt’s den beiden ja nicht.
Und wie das Wetter in Europa ist, erfragt man so nebenbei.

Muss ein Pfarrer schließlich wissen.
Auf dass er die Bittgänge um Regen organisieren kann.
Vernünftig und erfolgreich.
Dann, dann wird politisiert.
Der Graf und der Pfarrer sind besorgt.
Dunkle Wolken ziehen sich zusammen. Über Europa.
Reicht's nicht, dass man schon unter der Knute der Faschisten steht?
Musste in Deutschland auch noch ein Wahnsinniger an die Macht kommen?
Der partout mit dem Feuer spielen will?
Österreich wird die erste Beute sein.
Der Graf und der Pfarrer könnten Gift drauf nehmen.
Und dann hat man den Kerl an der Grenze stehen.
Ein Verbrecher in Rom.
Ein Verbrecher in Berlin.
Und Südtirol mitten drin.
Das kann nicht gut gehen.

28.

Noch fliegen die Kraniche.
Vom tiefen Süden in den hohen Norden.
Vom hohen Norden in den tiefen Süden.
Alle Jahre wieder.
Zur gleichen Zeit.
Machen sie Halt im warmen Hochmoor.
Das selbst im Winter grün ist.
Das auch an den kältesten Tagen warm aufdampft.
Die Sonne geht im Osten auf.
Die Sonne geht im Westen unter.
Seit alters her.
Und seit alters her kommen die Vögel.
Woher sie kommen?
Wohin sie fliegen?
Nur der Herr weiß es.

29.

„Liebst Du den Raetho?“
„Natürlich, Hochwürden.“
„Würdest Du ihn auch heiraten?“
„Niemals, Hochwürden.“
Hochwürden nickt zufrieden.
„Wie geht’s eigentlich der kleinen Maus?“
Siegrun zieht das Mäuschen aus ihrer Tasche.
Das in die Jahre gekommene weiße Mäuschen.
Der ständige Begleiter ihrer Tage.
Das schönste Geschenk ihres Lebens.
Das Lebendigste.
Nach Raetho.
Hält es vorsichtig zwischen ihren Händen.
Ihren wunderbaren, zarten Händen.
Die dem Klavier unvergleichliche Töne entlocken.
Götterfugen aus Fitzwilliams Virginal Book.
Die Hochwürden im Innersten erschüttern.
„Geh’ mit Gott, mein Kind.“

30.

Siegrun lügt nicht.
Wenn sie sagt, dass sie Raetho liebt.
Wenn sie sagt, dass sie ihn nie heiraten täte.
Aber.
Zwischen diesen Aussagen steht eine Welt.
Sie liebt ihn. Über alles.
Mehr als sich selbst.
Und doch würde sie ihn nie ehelichen.
Nicht weil er ein Bauer ist.
Nicht weil er ein Grenzgänger ist. Und Lücken in seiner Bildung aufweist.
Und sie eine Gräfin ist.
Und Klavier spielen kann.
Nein.
Weil man einen Vetter nicht ehelichen soll.
Auch wenn die Verwandtschaft weit zurückliegt.
Weit, sehr weit.
Wenn sie oft in Sehnsucht nach Raetho vergeht, dann geht sie in die Ahnengalerie.
Schaut sich das Portrait Gisberts III. an.
Ihres Urahnen, des letzten mächtigen Herrn zu Sonnberg.
Und erkennt ihren Raetho wieder.
Auch wenn neben dem mächtigen Kopf Gisberts
„Aetatis suae 50“ steht.
Und liebt ihn mehr denn je.

31.

„Io sono, tu sei, egli è."
„Noi siamo, voi siete, essi sono."
„Gut."
„I am, you are, he is."
„We are, you are, they are."
„Sehr gut."
Sereinapass.
Sonnig und windstill.
2550m über dem Mittelmeer.
Sprachunterricht.
Für Raetho.
Von Valentin.
Dem Grenzgänger. Dem Polyglotten.
Sprachen verschieben Grenzen.
Ins Unendliche.

*

Die Welt ist rund.
Seit vielen Tagen.
Seit Raetho auch die sprachliche Grenze überschritten hat.
Seit er auch ein Sprachgrenzgänger geworden ist.
Mit der Zunge .
Auch im Herzen.
Die Welt ist rund.
Ohne Anfang. Ohne Ende.

32.

Also wassert der Pfarrer wieder einmal seine Wiesen.
Mit dem Valentin.
Ohne Gneatigkeit.
Lässt den Worten Zeit.
Und dem Valentin.
Dass die Worte in Valentins Herzen dringen.
Die Idee.
In Valentin. Dem Schwabenkind.
Dem ewigen Schwabenkind.
Dem Grenzgänger.
Die Faschisten haben die Schwabenfahrten unterbunden.
1925 zieht der letzte Zug über'n Reschen.
Sammelplatz Mals. Für den Oberen Vintschgau.
Hundertzwanzig Kinder. Kind auf. Kind ab.
Mit Hochwürden Mairösl an der Spitz'.
Mit Valentin am Schwanz. Der den Zug zusammenhält.
Drei Jahre alt die Jüngsten.
Vierzehn Jahre die Ältesten.
Und der Valentin buggelt oft drei Kinder gleichzeitig.
Die Kleinsten.
Die Dreijährigen. Die Vierjährigen.
Die Plärreten.
„Kimm', mei netts Tschúurale, kimm' mei kloans Maadele," lockt der Valentin die Kinder. „Wearsch seech'n, pa sui drauß'n isch's fein.
Kennt's schun die G'schichten vun ....?"
Und er erzählt Geschichten. Märchen. Mythen.

Den ganzen Tag. Alle Tage.
Die ganze Fahrt.
Und lacht.
Und ist heiter.
Und hüpft und springt und begeistert die Kinder.
Den ganzen Tag.
Die Nacht schütteln ihn die Weinkrämpfe.
Und Hochwürden liegt neben ihm.
Auf der nackten Erde.
Und befragt seinen Gott:
„Warum, oh Herr?“
„Wie lange noch, oh Herr?“
Seit ewigen Zeiten zieht der Valentin ins Schwabenland.
Seit seinem dritten Lebensjahr.
Als Schwabenkind. Zuerst.
Als Begleiter der Schwabenkinder. Nachher.
Und als Beschützer. Als Führer.
Als Zauberer.
Bis 1925.
Bis die Faschisten die Richtung ändern.
Erzwingen, die Richtung zu ändern.
Trient, Verona, Mailand.
Das erste Jahr kommen noch dreißig Kinder.
Im zweiten Jahr kommt niemand mehr.
Außer der Hunger.
In die Täler hinein.
„Probieren wir's, Herr Pfarrer.“
Sagt der Valentin.
Und schlägt mit der Schrothaue a Vas'n weg.
„Probieren wir's. Ein Jahr lang. Dann sehen wir weiter.“

Hochwürden sieht Licht. Am Ende des dunklen
Tunnels.
Der da Hunger und Landflucht heißt.

33.

„Schreib *auf* den Zeilen, Bub. Nicht drunter!"
„Fein, Madl. Hast Du gut gemacht!"
„Nimm Dir ein Lineal zur Hilf'. Jetzt geht's."
„Wer kann sich erinnern, was 1870-71 stattgefunden hat?"
„Der Deutsch-Französische Krieg."
„Sehr gut!"
„Aus welchem See werden die Niagarafälle gespeist? Weiß niemand? Wer hat schon einmal den Namen Eriesee gehört?"
„Niemand? Also zwischen Kanada und den Vereinigten Staaten von Amerika ..."
„a^2 plus b^2 ist gleich c^2."
Schulmeister Anton Mairösl.
Pfarrer und Schulmeister in Personalunion.
Und Landarzt, Apotheker, Tierarzt und Richter.
Dass die Kinder nicht ganz verblöden.
Dass sie wenigstens etwas Lesen und Schreiben lernen.
Und ein bissl Rechnen.
Und etwas über Geschichte erfahren.
Und über Geographie.
Denn: Wer schert sich schon um diesen weißen Fleck der Landkarte?
„Hic sunt leones".
Sagt der Podestà in Mals.
Wenn das Wort Valangatal fällt.
Nicht einmal einen Lehrer hat er geschickt.
Auch keinen italienischen.

Nur für die neuen Namen hat er gesorgt.
Der Herr Podestà.
Gemeinsam mit dem Ettore Tolomei. Dem Gottverfluchten.
Sottobosco, Angolini, Pietracorvo ...
Und Montesole.
Einst Unterholzner, Winkler, Rabensteiner ...
Und Sonnberg.
Antonio Maggiocavallo. Cavaliere e Gran Fascista.
Anton – Antonio. Bitte sehr.
Mai – Maggio. Bitte sehr.
Aber Cavallo?
Was hat ein Pferd, ein cavallo, mit dem „Rösl" zu tun?
Mit dem Rösl im Mai? Dem Mairösl?
Der Depp von Podestà kennt nicht einmal den Unterschied von Rösl und Rössl.
Mairössl – Maggiocavallo.
Zum Brüllen. Wenn's nicht zum Weinen wäre.
Und Valangatal?
Und Foffa? Was würde er wohl für Foffa erfinden?
Und für Daporta?
Weit gefehlt! Der Podestà denkt gar nicht daran.
Für diese welschen Namen etwas zu erfinden.
Diese Namen dienen dem faschistischen Zwecke ja wunderbar: Sie sind heiliger, faschistischer Beweis für die immer schon gewesene Italianità des Landes.
Der Ignorant!
Der nicht einmal weiß, was es mit dem Rätoromanischen auf sich hat.
Aber was will ein Sizilianer auch schon wissen?

Den sein Duce an die neue Grenze geworfen hat.
Ungefragt.
Und ein verqueres Schicksal dazu.
Gott sei's geklagt.
Von beiden Seiten.
„Hic sunt leones".
Sagt der Podestà in Mals. Weil er lateinisch gebildet ist.
Und so unterrichtet Hochwürden Anton Mairösl, der Cavaliere don Antonio Maggiocavallo, seine Kinder ungestört.
Im Pfarrhaus.
Keine Katakombenschule.
Keine Geheimnistuerei.
Keine Gefahr, auf die Liparischen Inseln verbannt zu werden.
Weil: „Hic sunt leones."
Weil der Podestà einem Cavaliere und einem Gran Fascista solches niemals zutrauen täte.
Und weil ihn der junge Carabinierimaresciallo aus Riefers deckt.
„Faccia pure, Reverendo, e non si preoccupi, anche il Fascismo passerà."

34.

Hochwürden Mairösl zählt zusammen.
Eins plus eins macht zwei.
Noch zehn Jahr'. Und das Tal ist tot.
Ausgemergelt, ausgehungert, verlassen.
Die ersten Burschen sind schon nach Abessinien
eingezogen worden.
Nach Afrika!
Wo der Mussolini mit Giftgas die Neger bekämpft.
Der Wahnsinnige. Der Verbrecher.
London hat's im Radio gemeldet.
Und Hochwürden glaubt's.
Und der Graf auch. Der immerhin mit der halben Welt korrespondiert.
Der sogar mit einem englischen Adelsgeschlecht verwandt ist.
Voriges Monat war Hochwürden in Sulden.
Das erste Mal.
Bei seinem Pfarrkollegen. Offiziell.
Muss ja niemand wissen, dass er sich mit dem
Kanonikus traf. Und mit Herrn von Hassell.
Mit dem Valentin ging er über die Berg'.
Sonnberg, Riefers, Chavalatsch, Stilfs, Gomagoi, Sulden.
Hin und retour.
In zwei Tagen.
Und hat verstanden, was der Tourismus ist.
Was der Tourismus sein könnte!
Selbst in so schlechten Zeiten, wie den jetzigen.
Und dann hat er gesehen, wie der Valentin einen

Engländer auf den Falatsch geführt hat.
Und später noch einen.
Und ein anderer ist überhaupt eine Woche geblieben.
Und hat mehrere Gipfel bestiegen.
Mit Valentin.
Dem Grenzgänger. Dem Bergführer.
Der deshalb auch leidlich Englisch kann.
Und das Englische den Raetho lehrt.
Und das Italienische.
Man kann nie wissen.
Und dann hat der Valentin „Ja“ gesagt.
„Probieren wir's, Herr Pfarrer.“
Hat der Valentin gesagt.
„Probieren wir's ein Jahr lang. Mit dem Tourismus.
Dann sehen wir weiter.“

35.

„Liebst Du die Siegrun?“
„Natürlich, Hochwürden.“
„Würdest Du sie auch heiraten?“
„Sofort, Hochwürden.“
Hochwürden stockt.
Raetho lächelt.
„Keine Sorge, Hochwürden. Ich bin kein Esel.“
Und wuchtet sich den Heuballen auf den Buckel.
Raetho und Hochwürden tragen das Bergheu in den Pfarrstadel.
Raetho die großen Ballen.
Hochwürden die kleinen.
Von Sunnawies ins Tal.
Sieben Gänge am Tag.
Jeder Gang eine Tortur.
Nach dem letzten Gang zieht Raetho einen flachen Stein aus seiner Tasche.
Handtellergroß.
Mit einem runden Loch in der Mitte.
Und zwei eingeritzten Kranichen.
„Ba …“, sagt Raetho.
Und drückt den Stein in Hochwürdens Hände.
„… de la Muma Veglia. Für Siegrun. Wenn ich eines Tages nicht mehr wieder komme. Von einem Grenzgang.“
Hochwürden fasst den Raetho an der rechten Schulter.
Schaut ihm fest ins Gesicht.
„Gott schütze Dich, mein Sohn. Und uns alle.
Die wir übrig bleiben werden.“

36.

Ein Mann namens Hitler zerschlägt Hochwürden
Mairösl alle Pläne.
Nicht direkt.
Dafür liegt das Valangatal zu sehr am End' der Welt.
Aber indirekt sehr wohl.
Österreich fällt.
Freiwillig? Unfreiwillig?
Hochwürden lässt's dahin gestellt sein.
Die Tschechoslowakei folgt.
Unfreiwillig. Ohne Zweifel.
Europa sitzt auf einem Pulverfass.
Die Lunte brennt.
Hitler bläst sie kräftig an.
Und Südtirol wird von der unseligen Option zerrissen.
Dem ethnischen Säuberungsversuch anno 38.
„Was soll'mer machen, Valentin?"
Fragen die Leut'.
Den Valentin, den Grenzgänger.
Der die Welt kennt.
Der in der Welt herumkommt.
Der über den Horizont sieht.
Der Valentin bleibt stumm.
„Was soll'mer machen, Hochwürden?"
Fragen die Leut'.
Den Pfarrer. Der alles weiß.
Der mit den Geistern reden kann.
Der mit den Winden spricht.
Der Pfarrer bleibt auch stumm. Und wählt Italien.

Fürstbischof Johannes Geisler entscheidet sich fürs Deutsche Reich.
Der Balthasar Klammsteiner auch.
Und der Valentin?
Ja, wenn der Kaiser draußen wär'! Dann wüsst' er schon, wie er zu wählen hätt'.
Aber so? Ein Faschist da. Ein Nationalsozialist drüben.
Verbrecher alle beide.
Lieber als zwischen Beelzebub und Teufel wählt er gar nicht. Und gilt als Dableiber.
Je nachdem also, wie die Geschichte ausgeht, bleibt einer am Hof. Rechnen sich die Brüder aus.
Sofern sie überhaupt bleiben dürfen.
Und nicht zwangsumgesiedelt werden.
„Âber freiwillig gean tu i nit. Gôr nia."
Sagt der Balthasar.
„Mit die Ketten miassans mi außiraiß'n. Aus mei Hitt."
Schwört der Balthasar.
Und die Idee des Tourismus ist gestorben, ehe sie geboren wurde.
Was Hochwürden Anton Mairösl äußerst grämt.
Kein Engländer kommt mehr.
Um auf die Berge zu steigen.
Kein Deutscher kommt über die Grenze.
Ohne vom italienischen Geheimdienst auf Schritt und Tritt verfolgt zu werden.
Wer käme da schon ins Valangatal?
Wo selbst in Sulden die Hotels leer stehen?
Wo selbst aufs Stilfser Joch kein Mensch mehr fährt?
Große Entscheidungen müssen getroffen werden.

Überall.
Auch im Valangatal.
Auch auf Schloss Sonnberg.
Der Name Sonnberg hat guten Klang in Tirol.
Aber mit dem Klang allein ist kein Hofstaat mehr zu machen. In den heutigen Zeiten.
Sonnberg stimmt für Italien.
Mit Bauchweh, aber trotzdem.
Weil der adelige Herr seine Pfründe nicht aufgeben will.
Auch wenn sie nicht mehr so fett sind, wie einst.
Mit allem Drum und Dran kann man höchstens noch eine standesgemäße Hochzeit ausrichten.
Für zwei langt's niemals.
Rechnet der Dietho Foffa dem Familienrat vor.
Erbgraf Bardolf wird also für die Ehe bestimmt.
Um den Weiterbestand des Geschlechtes zu sichern.
Schließlich stehen die Sonnberger seit 1220 im
Adelsstand. Nachweislich.
Siegrun, Comtesse Sonnberg, wird fürs Kloster bestimmt.
Wenigstens ein ehrenvoller Abgang.
Denkt sich Gräfin Melisande.
Vielleicht wird sie Äbtissin.
Hofft Gräfin Melisande.
Und trägt somit zum Ruhme der Sonnberger bei.

37.

Noch immer fliegen die Kraniche.
Vom tiefen Süden in den hohen Norden.
Vom hohen Norden in den tiefen Süden.
Zweimal im Jahr.
Zur gleichen Zeit.
Machen sie Halt im warmen Hochmoor.
Das selbst im Winter grün ist.
Das auch an den kältesten Tagen warm aufdampft.
Die Sonne geht im Osten auf.
Die Sonne geht im Westen unter.
Seit alters her.
Seit alters her kommen die Vögel.
Woher sie kommen?
Wohin sie fliegen?
Nur der Herr weiß es.
Und *dass* sie kommen und *wann* sie kommen weiß nur der Valentin.
Und Raetho. Und Siegrun.

38.

„Solang' die Kraniche kommen, solang' bin ich am Leben."
Stummes Kopfschütteln.
„Und wenn ich am Leben bleib', komm' ich wieder. Zu Dir."
Stummes Kopfschütteln.
Weil Siegrun es weiß.
Dass es nicht wahr werden wird.
Dass alles ein Ende hat.
Auch ihre Liebe.
Ihre bis heute unschuldige Liebe.
Sie weiß es.
Sie weiß es seit letzter Woche.
Seit der Foffa die Rechnungen vollendet hat.
Der Scheußliche.
Klostermauern sind ihre Zukunft.
Hohe Mauern. Klausur.
Psalmen ohne Ende.
Endlos.
Wie ihr Schmerz.
Der ihr Herz zerreißt.
Wo soll sie die Fugen hinsperren?
Das Wohltemperierte Klavier?
Den Geruch ihrer Kammer?
Das Knirschen der Zugbrücke?
Den warmen Wind aus dem Valangatal?
Der immer von der Liebe Raethos gekündet hat?
Wohin soll sie ihre Sehnsucht sperren?

Und das Lachen Raethos?
Und seine Maus? Das weiße Mäuschen?
Seinen Granatstein? Den blutroten Stein.
Umschlungen liegen sie da.
Siegrun und Raetho.
Stundenlang.
Zeitlos.
Zeitenthoben. In der Nacktheit ihrer Körper.
Der Gordische Knoten in ihrem Kopf wird unerträglich.
Sie nimmt das weiße Mäuschen aus der Tasche.
Küsst es ein letztes Mal.
Das weiße Mäuschen.
Das schönste Geschenk aller Zeiten.
Ihre stumme Vertraute der letzten Jahre.
Ihr Bindeglied zu Raetho.
Ihr Tor zum Jenseitsland.
Und schlägt es zu.
Das Tor.
In hohem Bogen wirft sie es ins Hochmoor.
Ein Schnapp.
Und der Kranich stelzt weiter.

*

Es gibt nicht nur eine Welt.
Es gibt deren zwei.
Mindestens.
Eine menschliche.
Eine unmenschliche.
Die unmenschliche ist aber menschlicher.
Als die menschliche.
Denn nur der Mensch kann sie schaffen.
Die Unmenschlichkeit.

39.

Raetho watet im Blut.
Durch Europa.
Innsbruck. Norwegen. Finnland.
Litzafjord. Uragubafjord.
Nordlicht. Rentiere. Kälte.
Gefrierfleischorden.
Gräber schaufeln.
Keine Tränen mehr haben. Für die Kameraden.
EK II. EK I. Nahkampfspange.
Erste Verwundung.
Lazarett. Genesung.
Wieder Front.
Afrika! Als Gebirgsjäger!
Nach drei Monaten wieder zurück.
Heimaturlaub.
An Sonnberg vorbei.
Ohne das Schloss anzuschauen.
Einkehr bei der Kirch'.
Dankgebet. Beichte. Segnung.
„Wie ist der Krieg, Raetho?"
„Schlimm, Hochwürden."
„Wie schlimm?"
„Schlimm, schlimm."

40.

Innsbruck. Norwegen. Finnland.
Parkina, Rowaniemi, Ulu. Murmanskfront.
Zweite Verwundung.
Lazarett. Genesung.
Nicht mehr kv.
Westfront.
Avignon, Marseille, Narbonne.
Ein neues Land. Eine neue Sprache.
Das Paradies. Im Verhältnis zur Eisfront.
Dolmetscher.
Zwischen den Italienern und der Wehrmacht.
Weil er Italienisch kann. Sehr gut.
Versetzung nach Italien.
Zum Stab von Marschall Kesselring.
Immer noch einfacher Landser.
Weigert sich die Gurkenschalen anzunehmen.
Unerhört! Raus! Zum Partisaneneinsatz!
1945.
Das gigantische Morden geht dem Ende entgegen.
Bäumt sich nochmals auf.
Will noch fette Beute machen.
Raetho trifft eine Entscheidung.
Am 5. April macht er Schluss.
In der Poebene.
„Wer hat genug?“
Alle haben genug.
„Zu Befehl, Herr Leutnant! Wir lassen's“.
Schluss. Mit dem sinnlosen Gemetzel.

Sie lassen sich gefangen nehmen.
Von einer brasilianischen Einheit.
Werden den Partisanen übergeben.
Misshandelt. Gefoltert. Geschunden.
Eine Amieinheit entdeckt sie.
Im letzten Augenblick.
Sie werden nach Genua gebracht.
Verpackt und eingeschifft.
Das Kriegende erlebt Raetho Klammsteiner in den USA.

41.

Rieducation ist angesagt.
Heute Nachmittag.
Wieder-Erziehung. Erziehung in demokratischem Geiste.
Fünfte Lektion.
Rateho hatte einst gedacht, dass es zwei Welten gäbe.
Eine menschliche.
Eine unmenschliche.
Und dass die unmenschliche menschlicher sei als die menschliche.
Denn nur der Mensch kann sie schaffen.
Die Unmenschlichkeit.
Raetho hatte einst gedacht, dass der Krieg das Schlimmste sei.
Was einem Menschen widerfahren könne.
Das tägliche Töten.
Das Töten-Müssen. Das Getötetwerden.
Das ohnmächtig zuschauen Müssen.
Wenn der Kamerad an deiner Seite stirbt.
Wenn ihm die Kugel durch den lachenden Mund fährt.
Wenn die Augen erstarren.
Für Bruchteile.
Ewige Bruchteile.
Im Staunen.
Dass so etwas geschehen kann.
Wenn der Kamerad vornüber kippt.
Der graue Feldrock fleckt.
Hirnverschmiert. Blutgetränkt.

Und keine Tränen mehr kommen.
Weil sie schon lange versiegt sind.
In den unendlichen Weiten der unendlichen Seele.
In den unendlichen Weiten der russischen Steppe.
Es gibt viele Welten.
So viele, als es Menschen gibt.
So viele, als es menschliche Träume gibt.
Und Wahnvorstellungen.
Manche Welten sind endlich.
Manche sind unendlich.
Manche müssen erst erfunden werden.
Weil sie jegliche Vorstellung sprengen.
Wie die Welt der Vernichtungslager.
Major Taylor nennt die Schuldigen beim Namen.
Hitler, Himmler, Göbbels ...
Frank, Streicher, Kaltenbrunner ...
Heydrich, Krämer, Eichmann ...
Über allem Auschwitz.
Geschichtsengramm. Unauslöschlich.
Ein Totentanz von sechs Millionen.
Außerhalb von Krieg und Zeit.

*

Und alle sind sie schuldig. Mitschuldig.
Weil sie auf Hitler geschworen haben.
Weil sie seine Maschine geölt haben.
Durch ihren Gehorsam. Bis zur vor-letzten Kugel.
Es gibt viele Welten.
Und viele Unterwelten.
Für eine solche haben sie gekämpft.
Ungefragt. Ob sie kämpfen wollten.
Sie kämpften. Sie verloren.
Zu Recht.

42.

„Klammsteiner!“
„Yes, Sir, yes!!!“
„Can you understand me?“
„Yes, Sir, yes!!!“
„Do you speak English?“
„Yes, Sir, yes!!!“
„You are a Nazi.“
„No, Sir, no!!!“
„You are all Nazis!“
„No, Sir, no!!!“
„You are all Nazis. Always. Forever.“

43.

Ob sie noch immer fliegen, die Kraniche?
Vom tiefen Süden in den hohen Norden?
Vom hohen Norden in den tiefen Süden?
Zweimal im Jahr?
Zur gleichen Zeit?
Ob sie noch immer Halt machen? Im warmen
Hochmoor?
Das selbst im Winter grün ist.
Das auch an den kältesten Tagen warm aufdampft.
Die Sonne geht im Osten auf.
Die Sonne geht im Westen unter.
Dies ist geblieben. Dies wohl.
Ob sie wohl noch immer fliegen, die Kraniche?
Nach all dem Grauen?
Nur der Herr weiß es.

44.

Das Kainsmal brennt.
Immer. Immer noch. Für immer?
„Thank you," sagt Raetho.
Den ganzen Tag.
„Thank you," für die Arbeit.
„Thank you," für das Essen.
„Thank you," für ein Lächeln.
Und er schuftet. Wie seit alters her.
Wie daheim. Wie auf Hochalt.
Weil er Englisch kann. Hat er einen Job gefunden.
Weil er demokratisch erzogen worden ist.
Hat er einen Job gefunden.
Weil er schweigen kann. Hat er einen Job gefunden.
Schweigen und arbeiten. Wie daheim. Wie im Valangatal.
Wie wird's der Mutter gehen?
Und dem Vater?
Und dem Onkel Valentin? Dem Grenzgänger? Dem Seelenhändler?
Ob er immer noch die Grenzstreifen an der Nas' herum führt?
Und Hochwürden? Wie wird's wohl Hochwürden gehen?
Dem Bauern, Landarzt, Apotheker, Tierarzt, Schulmeister und Richter? Dem Cavaliere e Gran Fascista?
Nur an Sonnberg denkt er nicht.
Verbietet dem Gedanken an Sonnberg überhaupt gedacht zu werden.

Er schickt keinen Brief nach Hause.
Keine Karte. Kein Lebenszeichen.
Die Mutter wird's schon spüren. Dass er noch lebt.
Es kommen auch keine Tränen.
Weil sie lang schon versiegt sind.
In den unendlichen Weiten der unendlichen Seele.
In den unendlichen Weiten der russischen Steppe.
Raetho liegt auf der nackten Erde.
Der roten Baumwollerde.
Und befragt seinen Gott:
„Warum, oh Herr? Wie lange noch, oh Herr?"

45.

Einen guten Fang hat er getan.
Der Farmer John J. Clinton.
Mit dem Deutschen. Dem Nazi.
Dem großen Schweiger.
„Yes, Sir. No, Sir. Thank you, Sir."
Vielmehr sagt er nicht.
Der Nazi.
Der Kriegsverbrecher.
Was gäbe es auch schon zu sagen?
Auf der Unendlichkeit roter Baumwollerde.
Möchte man nicht meinen, dass der ruhige Bursch' ein Nazi ist. Ein gottverfluchter. Denkt sich der Farmer John J. Clinton.
Just a moment: He was a Nazi.
Denn er hat die rieducation schon hinter sich.
Deshalb hat er ihn auch bekommen. Den Nazi.
Und Englisch kann er auch.
Und arbeiten! Wie kein zweiter.
Wenn sie nur alle so arbeiten täten.
Seine eigenen Leute.
Und wenn er ihnen nur auch so wenig Lohn zahlen müsste.
Seinen eigenen Feldarbeitern.
Aber mit den Niggern ist ja eh' kein Hofstaat zu machen.
Mit dieser faulen Brut.
Sklaven hätten sie bleiben sollen.
Denkt sich der Farmer John J. Clinton.

Ganz unrecht haben sie doch nicht gehabt.
Die Nazis.
Die gottverdammten.
Sagt sich John J. Clinton. Der Sieger.

46.

Was ist Jazz?
Und Soul? Und Blues?
Jazz und Soul und Blues, das ist Tabitha.
Schwarze Gazelle.
Afrika.
Schwarzafrika.
Geruch nach Löwin. Duft nach Giraffe.
Federnder Gang. Aus wiegender Hüfte.
Harte Brüste. Unter schwarzem Haar.
Sturmwind über der Savanne. Ein warmer Regen.
Heiße Flimmerluft. Dunkle Fata Morgana.
Kühlende Brise. Unter einem Sommermond.
Kehlige Stimme. Summen und Schrei.
Gazellenaugen. Gepardenlider.
Perlendes Lachen im Sonnenschein.
Auf roter Baumwollerde.
Einen Sommer lang.
Das ist Tabitha.

47.

Raetho schuftet in den Südstaaten.
Auf endlosen Baumwollfeldern.
Auf roter Erde. Unter blauem Himmel.
Der *demokratisch wieder-erzogene* Raetho Klammsteiner.
Aus dem Valangatal. Vintschgau, Südtirol, Italien.
The prisoner of war. And the war criminal.
Der Major der siegreichen U.S.Army, Amos F.Taylor, Entnazifizierungsexperte, Rieducationexperte und Raetho Klammsteiners unsichtbarer Schatten, hat gute Arbeit geleistet.
Bestätigt der Farmer John J. Clinton den Mitgliedern der Überwachungskommission.
Die auch für die Freilassung *demokratisch wieder-erzogener* und *entnazifizierter* Kriegsgefangener zuständig sind.
Zu gute Arbeit. Fast.
Denn der young Naziboy hat's mit einer Negerin.
„Mit einer Negerin?"
„Yes, I'm sorry."
„Und sonst?"
„Sonst? Mein bester Mann. Schuftet, wie kein zweiter. Versteht was. Von der Landwirtschaft. Nie haben die Kühe, die wir für die eigene Milch und das eigene Fleisch brauchen, mehr Milch geliefert und das bessere Fleisch abgegeben als unter seiner Hand. Und Baumwolle pflücken kann er, als hätte er sein Leben nichts anderes getan. Der Kerl versteht was. Der

Naziboy."
„Und politisch?"
„Nie ein Wort."
„Eigentlich ist er ja Italiener."
Stellt William Vito R. Giuliani, ein Mitglied der Überwachungskommission, fest.
„Wie, bitte?"
„Ein Südtiroler. Italienischer Staatsbürger."
Die restlichen Kommissare sind perplex.
„Können wir ihn entlassen?"
„Of course."

48.

1870 US-Dollar.
Offiziell. Als Salär.
Für die Arbeit. Als Kriegsgefangener.
Auf der Farm des John Joseph Clinton.
Und 365 Dollar und 80 Cents.
Schwarzgeld. Für Nebenjobs.
Raetho zählt zusammen: 2235 Dollar und 80 Cents.
Er ist steinreich.
Das ganze Valangatal könnt' er kaufen.
Meint er.

49.

5. April 1947.

Auf den Tag genau.

„Antreten!“

Lager 7. Kompanie 127. Block 6.

Der Lagerkommandant, Colonel James G. Connor, hält die Abschiedsrede.

An die freien Männer.

Frei!

Frei! Jeden Winkel dieser Erde aufzusuchen.

Hinzugehen, wohin der Wind sie treibt.

Frei! Ein Bier zu trinken. Sagen die einen.

Frei! Sich eine Kugel zu geben. Sagen die anderen.

Frei! Zur Frau zurückzukehren. Zu den Kindern.

Sagt ein alter Landser. Der einzige, der noch weinen kann.

Frei! Eine Frau heimzuführen. Sagt der Raetho.

50.

„Unmöglich!"
Sagt Major Amos F. Taylor.
„Unmöglich!"
Sagt Colonel James G. Connor.
„Warum?"
Will Raetho Klammsteiner wissen.
„Eine Schwarze!"
„Eine Niggerin!"
„Ich habe gelernt."
Sagt Raetho.
„Alle Menschen sind gleich.
Alle Menschen werden frei geboren.
Es gibt kein Hoch und kein Niedrig.
Es gibt keinen Unterschied der Hautfarben.
Die Würde des Menschen ist unantastbar.
Niemand darf wegen seiner Rasse, seiner Abstammung, seines Geschlechtes, seiner Sprache, seiner Herkunft, seines Glaubens, seiner politischen Anschauungen benachteiligt oder bevorzugt werden …"
Zwei Jahre haben sie dies gepredigt.
Major Amos F. Taylor. Und Colonel James G. Connor.
Die Wehrmachtsangehörigen demokratisch erzogen.
Den Nazis gepredigt.
Die Nazis entnazifiziert.
Und nun?
Haben sie das Gesicht verloren.
Mindestens.

51.

In Hamburg geht Raetho an Land.
Hamburg?
Heißt dieser unendliche Trümmerhaufen noch Hamburg?
Sind diese ausgemergelten Gestalten, die über graue
Trümmer huschen, noch Menschen?
Sind diese Gestalten, denen die Angst, die Panik, noch immer im Gesichte steht, noch Menschen?
Langsam schiebt sich Raetho nach Süden.
Durch eine Wüste.
Deutschland. Ein Trümmerhaufen.
20.000 Tote. In einer einzigen Nacht. Hamburg.
Lübeck. Rache für Coventry.
30.000 Tote. In einer einzigen Nacht.
Dresden. Brandbomben.
Die Opfer? Flüchtlinge, Frauen, Kinder.
Massenvernichtung. Von oben.
20.000 da, 25.000 dort, 30.000 drüben.
In einer einzigen Nacht.
Ein einziger Blitz.
100.000. Hiroshima. 80.000. Nagasaki.
Massenvernichtung legal.
Kein Kriegsverbrechen.
Kein Verbrechen gegen die Menschlichkeit.
Warum nicht?
Fragt sich der Raetho.
Müssen wir schweigen?
Immer schweigen?

Ewig schweigen?
Nur Täter? Nie Opfer?
Als Strafe für Auschwitz?

52.

Tabitha ist sein Trost.
Tabitha.
Seine Frau.
Hand in Hand durchqueren sie Deutschland.
Schauen nicht weg.
Vom Grauen.
Auch wenn keine Tränen mehr kommen.
Weil sie schon lange versiegt sind.
In den unendlichen Weiten der unendlichen Seele.
In den unendlichen Weiten der russischen Steppe.
In den unendlichen Weiten der roten Baumwollerde.
Hochalt wird zum Traumland.
Zur Zuflucht der letzten Träume.
Abseits der Geschichte.
Abseits der Menschen.
Hic sunt leones.
Gottlob.

53.

An der schweizerischen Grenze ist Schluss.
Wie vor dem Krieg, so nach dem Krieg.
Ahum. Juda verrecke!
Ohne Fränkli.
An der österreichischen Grenze ist ebenso Schluss.
Noch nie war Österreich so österreichisch.
 So undeutsch.
Wie nach 1945.
An den Grenzen stauen sich Hoffnungen.
Verlieren sich Hoffnungen.
Für Unzählige.
Die nach Süden wollen.
Zu den Häfen. Weg von Europa.
Weg vom Grauen.
Vom grauen Alltag.
Von der Vergangenheit.
Australien, Südamerika, Palästina.
In die Zukunft.
Raetho lächelt.
Das erste Mal seit vielen Tagen.
Für ihn gilt keine Grenze.
Für ihn, den Grenzgänger.
Er wird zum Hoffnungsträger.
Der hier Gestrandeten.
Er sammelt ein Häuflein Juden ein.
Verzweifelte Gestalten.
Mit Jerusalem im irren Blick.
Nach Mitternacht ziehen sie los.

Über Wege. Die keinen Namen haben.
Über Berge. Höher als Zion.
Mit König Salomon an der Spitze.
Und seiner Frau Saba am Ende.

54.

Uinaschlucht.
Lärmendes Wasser. Schäumende Gischt.
Als weinte der Berg alle Tränen der Menschheit.
Heimat.
Heimatlärm.
Gigantisch.
Raetho muss ausweichen.
Oberhalb der Pforzheimer Hütte.
Dort sitzen gewiss die Grenzer.
Wenn's nach ihm ging', dann ging' er über den Sesvennagletscher. Ins Avingatal. Dann Sonnberg. Hochalt.
Aber mit den Jammergestalten im Schlepptau muss er auf den Bergmatten bleiben.
Zwischen Christaïn und Foratrúss gibt's einen Schluff.
Und im Schluff steht der Valentin.
Seit Tagen.
Und wartet. Auf den Raetho.
Weil er die Kraniche hat kommen sehen.
Das erste Mal, seit der Krieg vorbei ist.
Weil er plötzlich gewusst hat: Jetzt kommt der Raetho.
Raetho sacken die Füße ein.
Er kniet nieder. Vor Gott. Vor Tabitha.
Es kommen die Tränen.
Die einst versiegt waren.
In den unendlichen Weiten der unendlichen Seele.
Am 21. Juni 1947 steht er an der Schwelle des Gelobten Landes.

Seines Gelobten Landes.
„Lass' mir die Leut'.
Sagt der Valentin.
„Du. Du, geh' heim."

55.

Die Juden stimmen ein Jubellied an.
Heiser tönt der Singsang.
Für Raetho. Den Grenzgänger. Den Retter.
Denn sie wissen: Hier hat ein Mensch sein Jerusalem erreicht.
Raetho schaut dem elenden Häuflein nach.
Das sich mühsam den Hang hinunterquält.
Dem Süden zu.
Jerusalem im wunden Herzen.
Valentin vorn.
Eine ausgemergelte Frau auf seinem Buckel.
Eine heitere Geschichte im Mund.
Valentin, der Grenzgänger.
Valentin. Das Schwabenkind.

56.

Die Leute laufen zusammen.
Aus allen Höfen.
Zur Kirche. Zum Pfarrhaus.
„Der Raetho ist wieder da!"
„Na, und?"
„Andere sind auch heimgekehrt!"
„Und andere werden nie mehr wiederkommen.
Der Herr gebe ihnen die ewige Ruhe."
„Und das ewige Licht leuchte ihnen."
„Aber er hat eine Frau mitgebracht!"
„Na, und? Haben andere auch. Auch früher schon."
„Aber sie ist schwarz."
„Hat sie die Sonne verbrannt?"
„Na, na! Eine richtige Schwarze!"
„Eine Negerin!?"

57.

Die Sensation ist perfekt.
Der Skandal auch.
Selbst Hochwürden ist erschüttert.
Der Cavaliere.
Und ehemals Gran Fascista. Don Antonio Maggiocavallo.
Noch immer.
Wenngleich er wieder mit Anton Mairösl firmiert.
Zwar illegal. Aber schon aus Trotz.
Und der Carabinierimaresciallo deckt ihn.
Wie immer. Noch immer.
Hochwürden sieht zum ersten Mal in seinem Leben
eine Schwarze.
Einen schwarzen Menschen. Eine Negerin.
Auch er. Der Weltgewandte.
Der mit den Winden spricht.
Der dem Wetter gebietet.
Und predigt am nächsten Sonntag von der Gleichheit
der Menschen. Der Rassen. Der Hautfarben.
Für die Katz.
Sie bleibt der schwarze Ungeist auf Hochalt.

58.

Und wieder fliegen die Kraniche.
Vom tiefen Süden in den hohen Norden.
Vom hohen Norden in den tiefen Süden.
Zweimal im Jahr.
Zur gleichen Zeit.
Machen Halt im warmen Hochmoor.
Woher sie kommen?
Wohin sie fliegen?
Nur der Herr weiß es.
Und *dass* sie kommen und *wann* sie kommen,
weiß nur der Valentin.
Und Raetho. Und Tabitha.

59.

Stiller ist's geworden. Auf Hochalt.
Noch stiller.
Als früher.
Früher, da kamen die Leute.
Um den Valentin anzubetteln. Dass er über die Grenz' geh'. Dass er Saccharin mitbringe. Und Medizin. Dass er dem Bub und dem Madl eine Arbeit verschaffe. Über der Grenz' drüben. In der Schweiz.
Früher, da kamen die Leute.
Zur Rosina. Um zu fragen, an welchen Heiligen man sich zu wenden habe.
Bei Gicht und bei Rheuma.
Bei Furunkeln und bei Hühneraugen.
Bei Halsweh und bei Husten.
Bei Unglück und bei Liebeskummer.
Früher, da betete die Mutter noch laut.
Da leierte die Mutter mit Inbrunst den Rosenkranz.
Früher. Ja, früher.

60.

Schinden kann sie!
Die Tabitha.
Die schwarze Frau am Hochalthof.
Dem neuen Hochalthof.
Dem Dollarhof.
Wie die Leut' sagen.
Schinden und buggeln, kann sie. Wie keine zweite.
Die Wiesen wassern. Das Gras mähen.
Den Heuwagen stocken.
Die Kühe melken. Die Schweine füttern.
Den Stall ausmisten.
Knödel kochen, putzen, bügeln, waschen.
Wie keine zweite.
Und singen, dass dem Balthasar die Gansrupfen aufstehen.
Und beten. Beten kann sie auch.
Nicht so gut wie die Rosina.
Aber gut beten kann sie auch. Die Tabitha.
Und doch.
Raetho spürt, dass nicht mehr Afrika aus ihrer Seele lacht.
Jazz und Soul und Blues, das *war* Tabitha.
Fort ist der Geruch der Löwin. Der Duft der Giraffe.
Fort sind sie, die Gazellenaugen. Die Gepardenlider.
Das heiße Lachen der roten Baumwollerde.

61.

Der Mutter zu Lieb.
Dem Pfarrer zu Lieb.
Den Leuten zum Trotz.
Heiraten Raetho und Tabitha.
Nochmals.
Kirchlich.
Wird Tabitha getauft.
Umgetauft.
Katholisch.
Man weiß ja nie. Sagt der Pfarrer.
Denn, ... ob die Amerikaner überhaupt richtig taufen können?
Auch wenn's angeblich katholisch 'tauft worden ist.
Und kommuniziert und g'firmt. S'schwarze Madl.
Wer weiß? Denkt sich der Pfarrer.
Doppelt hält besser.
In der Kirch' sitzen sechs Leute.
Tabitha, Raetho, Rosina, Balthasar, Valentin und Hochwürden.
Vor der Kirch' stehen hundertfünfzig Valangataler.
Seele auf, Seele ab.
Steht sich Jung und Alt die Beine in den Bauch.
Um die schwarze Braut zu sehen.
Im weißen Taft.
Wenn's aus der Kirche kommt.
Zu Sankt Florini im Valangatal.
Und dass die Taufe und die Hochzeit Gott gefällig waren, beweist der Bauch.

Der sich wölbende Bauch der Tabitha Klammsteiner.
Jungbäuerin zu Hochalt.

62.

Am ersten Sonntag in der Fastenzeit ist es soweit.
Am Scheibenschlagsonntag.
Valentin eilt. Den Pfarrer zu holen.
Tabitha kommt nieder.
Tabitha kommt nicht nieder.
Das Kind liegt verquer in ihrem Schoß.
Hochwürden beginnt zu beten.
Raetho reißt das Ross aus dem Stall.
Fliegt durchs Valangatal.
In Riefers poltert er an die Carabinierikaserne.
Der Maresciallo springt in den Jeep.
Mit Blaulicht nach Mals.
Dottor Ans Maier! Veloce! Schnell!
Retter in allen Nöten.
Mit Blaulicht zurück.
Bis kurz nach Sonnberg.
Dort ist die Straße aus.
Raetho umarmt den Carabiniere.
Er setzt den Doktor aufs Pferd.
Und sich dahinter.
Wie ein Sturm brausen sie durchs Tal.
Armes Ross.
Armer Doktor. Bei seinem Umfang.
Sie beißen die Zähne zusammen.
Das Ross.
Und der Doktor. Und Raetho.
Und hoffen.
Hoffen auf ein Wunder.

Was er gehört hat, lässt den Doktor zittern.
Fünf Stunden sind vergangen.
Seit der Raetho durchs Tal geritten ist.
Fünf lange Stunden.
Zu lange Stunden.
Am Scheibenschlagsonntag stirbt Tabitha.
Am Scheibenschlagsonntag stirbt ihr kleiner Sohn.
Der Doktor Maier weint.
Wie ein kleines Kind.
Ist untröstlich.
„Die Scheibenschlaggeister haben sie geholt".
Raunen die Leute.
„Gleich zu Gleich."
Murmeln die alten Weiber.
Und schlagen das Kreuz.

63.

Vierzehn Gefallene, drei Vermisste.
Bei hundertfünfzig Seelen im Tal. Seele auf, Seele ab.
1955 kommt doch noch einer zurück.
Simon Tschenett. Der mittlere Kaschonbua.
Aus Sibirien.
1,85 groß. 39 Kilo schwer. Ein Skelett.
Eine Woche später tragen sie ihn zu Grab.
Hat's gerade noch heim derpackt.
Der arme Kerl.
Ist an den Speckknödeln gestorben.
Die sie ihm eingeschoppt haben.
Dass er rasch zunimmt. Der arme Kerl.
Haben die Gedärme nicht mehr ausgehalten.
Das fette Essen.
Sind regelrecht explodiert.
Sie legen ihn zu seiner Tante.
Der Rosina Klammsteiner, geborene Tschenett.
Hat der Raetho partout nicht wollen, dass man die Rosina ins Familiengrab legt. Bei den Klammsteinern.
Wo der Balthasar liegt. Und daneben der Valentin.
Und die Tabitha mit dem hellschwarzen Bübl.
Das der Doktor Maier noch ans Licht gezogen hat.
Lebendig noch.
Aber nach ein paar Augenblick' war's tot.
Hat der Pfarrer gerade noch eine Nottaufe machen können.
Auf dass kein Heidenkind im Hause liege.
Was der Raetho mit der Mutter wohl noch gehabt hat?

Dass sie sich nicht mehr angeschaut haben?
Die letzten Jahr?
Dass nur mehr stumm gebetet worden ist, auf Hochalt?
Dass er nicht wollt', dass man die Rosina ins Familiengrab legt? Bei den Klammsteinern?
Hat nie mehr geheiratet.
Der Raetho Klammsteiner.
Und keine Kinder mehr gemacht.
Ist kinderlos gestorben.
Der Raetho.
Obwohl die Madln angestanden sind.
Vor dem Hof. Dem schönen Dollarhof.
Dem schönsten Hof in ganz Valanga.
Hat dafür gesorgt, der Raetho, dass sie eine Straße kriegen.
Durchs Valangatal.
Bis hinein nach Maria Schnee.
Hat nicht nachgegeben.
In der Gemeinde. In Mals.
Bei der Landesregierung. In Bozen.
Bis die Straße gekommen ist.
Und der Strom.
Stur. Wie ein Steinbock.
Wie ein alemannischer Rumantsch.
Hat dafür gesorgt, dass die Kinder zwei Lehrer bekommen.
Eine richtige Schule, zwei richtige Lehrer.
Einer für Italienisch.
Einer für Deutsch und für den Rest.
Und dass einmal die Woche der Doktor Hans Maier ins

Valangatal kommt. Hat ihn aus eigener Tasche bezahlt, den Doktor. Bis die Krankenversicherung gekommen ist.
Hat die Feuerwehr gegründet. Und mit seinem eigenen Geld ausgestattet.
Hat die amerikanische Braunviehrasse eingeführt. Deren Kühe heute doppelt so viel Milch geben, wie einst unsere Grauen. Bei gleicher Futtermenge. Und hat den Viehzuchtverein gegründet.
Und hat zwei junge Burschen abgelernt. Als Bergführer.
Und hat dafür gekämpft, dass jeder Hof ein Zimmer mit drei oder vier Betten hat. Für die Gäst'. Für die Touristen.
Für a bissl Geld. Dass keiner mehr Hunger haben muss.
Dass keiner mehr weichen muss. Vom Valangatal.
Der Raetho. Wie ein Kranich ist er uns gewesen, und
wie ein Pelikan, der, bei Hungersnot, sich das Blut aus
der eigenen Brust zieht.
Um damit seine Kinder zu ernähren.
Und als der Blitz in seinen Hof eingeschlagen hat, ist er daneben gestanden. Lächelnd und starr.
Hat keine Hand gerührt. Um das Feuer zu löschen.
Hat sich jede Hilfe verbeten. Auch von seiner Feuerwehr.
Hat gewartet bis der Hof niedergebrannt war.
Bis auf die Grundmauern.
Hat dann die Knechte und die Mägde ausbezahlt und heimgeschickt.
Dann ist er in Richtung Falatsch verschwunden.
„Der Herr gebe ihm die ewige Ruhe."

Sagt der greise Pfarrer.
Wenn die Rede auf den Raetho kommt.
„Er nehme seinen Geist auf. Er sei seiner Seele gnädig. Er rechne ihm das Gute an, das er getan hat. Und verzeihe ihm die Sünden seiner Erdentage."
Denn Hochwürden weiß alles.
Er weiß, dass der Raetho unversöhnt mit seiner Mutter gestorben ist.
Weil sie Gott gedankt hat.
Stumm. Aber mit leuchtenden Augen.
Als der Sarg mit der Tabitha in die Erde gelassen worden ist. Und mit dem kleinen, hellschwarzen Bübl auf ihrer Brust.
Hat ihr der Raetho nie mehr verziehen.
Die leuchtenden Augen. Die Erleichterung.
Nicht über den Tod hinaus.
Und hat sich selbst nicht verziehen, dass er nicht verzeihen konnte.
Hat sich für unwürdig gehalten, in christlicher Erde bestattet zu werden.
Hat den Blitzschlag als Zeichen Gottes empfunden.
Als gerechte Strafe.
Für seine Unversöhnlichkeit mit der Mutter.
Irgendwo oben wird er liegen.
Der Raetho. Irgendwo oben. In seinen geliebten Bergen.
„Herr, sei ihm gnädig."
Betet der Pfarrer.
Und weint. Wenn er an den Raetho denkt.
Und dreht einen flachen Stein in seiner Hand.
Handtellergroß.

Mit einem runden Loch in der Mitte.
Und zwei eingeritzten Kranichen darauf.
Der Raetho war trotz allem der beste Mensch,
dem Hochwürden je begegnet ist.
„Der Herr sei uns allen gnädig."
Betet der Pfarrer.
Und erhebt seine Augen zum Himmel.
Und staunt.
Weil er einen Kranich übers Tal fliegen sieht.

64.

Noch immer fliegen die Kraniche.
Vom tiefen Süden in den hohen Norden.
Vom hohen Norden in den tiefen Süden.
Zweimal im Jahr.
Zur gleichen Zeit.
Machen Halt im warmen Hochmoor.
Woher sie kommen?
Wohin sie fliegen?
Nur der Herr weiß es.
Und *dass* sie kommen und *wann* sie kommen,
weiß niemand mehr.

WÖRTERBUCH - ERKLÄRUNGEN

Kapitel

2.
Wasserwossr: das zum Bewässern der Felder verwendete Wasser.
Wasserblech: ein zum Bewässern verwendetes, halbmondförmiges Hartblech, das quer in die Bewässerungskanäle geschlagen wird, und somit eine Überflutung der Felder ermöglicht.

3.
g'wassert: bewässert
kamott: kommod, gemütlich

5.
Ius primae noctis: das Recht der ersten Nacht (die Braut zu beschlafen)

8.
Rumantsch: Rätoromanisch
Nachdem die Germanisierung im Oberen Vintschgau nie ganz Fuß hatte fassen können, zählte die Bevölkerung noch um 1600 zu gut einem Drittel, oder gar mehr, zur rätoromanischen, zum Teil keltischen Urbevölkerung, die, nach dem Zusammenbruch des Römerreiches, eine eigene Sprache, das Rätoromanische, entwickel hatte.
Die endgültige, sprachliche Eindeutschung des Oberen Vintschgaues beginnt im Zuge der Reformation und der Gegenreformation.
Denn die ersten Reformprediger sind Rätoromanen, die über die reformierte Eidgenossenschaft gegen Tirol vorrücken, und über die rätoromanische Sprache die Reformation langsam einsickern lassen. Wie will die katholische Kirche also verhindern, dass das Unkraut der Ketzerei Wurzeln schlägt? Indem man eine sprachliche Barriere aufbaut. Indem man verhindert, dass die Reformprediger vom einfachen Volk überhaupt verstanden werden. In dieser Absicht decken sich langfristig religiöse und politische Interessen, und es bildet sich langsam und stetig eine sprachliche, religiöse und politische Grenze heraus. Obwohl das Münstertal, die Val Müstair, geographisch nur eines der zahlreichen Seitentäler des Vintschgaues ist, bildet sich

die politische Grenze zwischen Tirol und dem Grauen Bund (später Graubünden, noch später Schweiz) gleich am Talanfang heraus. Und steht noch immer. Seit Jahrhunderten. Weil sie auch sprachliche Grenze geblieben ist. Und religiöse.
Die Feld- und Flurnamen sind im Oberen Vintschgau aber zum großen Teil rätoromanisch geblieben, und zu einem kleinen Teil sind es auch die Schreib- und Eigennamen der ansässigen Bevölkerung geblieben.
Raitbuch: Rechnungsbuch
Star: Maßeinheit (ein Kornstar entspricht ca. 30 l)
Nach dem Schnitt: Nach der Zeit des Heuschnittes
„Wia olm": „Wie immer".

9.
„Iss' mei Bua." „Ist mein Sohn (Bub)"
O tempora, o mores. Oh Zeiten, oh Sitten!

10.
Karrner: fahrender Händler, der mit einem Karren durch die Gegend zieht

11.
Alpini: italienische Gebirgsjäger
Podestà: faschistischer Bürgermeister
Tricolore: italienische Nationalflagge (grün, weiß, rot).
„Hic sunt leones": „Hier leben die Löwen". Sinngemäß: ein weißer Flecken in der Landkarte, ein unbekanntes Gebiet
Val Müstair. Svizra Rumantscha: Münstertal. Romanische Schweiz

12.
„Hast eine Arbeit für mei' Madl?" …: „Hast Du eine Arbeit für meine Tochter?" „Ja." „Wo denn?" „In Samedan, im Gasthaus Alte Post". „Wann kann sie anfangen zu arbeiten?" „Wenn sie ausdauernd und gut zu Fuß ist, dann marschieren wir heute Nacht."
Das Madl: das Mädchen.
Schluff: Durchschlupf

16.
Hochgebirgsmoor: ein Moor im Hochgebirge.
Gleichzeitig handelt es sich im spezifischen Fall um ein Hochmoor.

17.
zum Kandlnmachen: zum Herstellen der „Kandln". Das sind aus Lärchenstämmen gefertigte Wasserrinnen (eine Art halbiertes Wasserrohr), die, gemeinsam mit den Waalen, zur Heranschaffung des Wassers dienen.
Waale sind künstlich angelegte Bewässerungskanäle, die oft über viele Kilometer das Leben spendende Wasser heranführen. Oft dienen sie aber auch als Zuleitung für Mühlen und Sägewerke.
Stadl: Heuschober, Scheune
Veltlin: Valtellina
buggelt, wie kein zweiter: der arbeitet, der Lasten tragen kann, wie kein zweiter.
Muma Veglia (rätoromanisch), wörtlich: Alte Mutter
Eine solch mythische Ahnfrau, in Stein und Fels, mit einer auffallenden Höhlung in der Mitte, steht an einer ausgesetzten, markanten Stelle des Valangatales. Jeder, der die Muma Veglia küsst, steht unter ihrem besonderen Schutz. Kleine Steine und Felssplitter der Muma Veglia werden noch immer zu Talismanen und Ketten verarbeitet und als Amulette um den Hals getragen.

18.
„Packmer's". „Woll": „Packen wir's an." „Jawohl."

21.
Cavaliere: (wörtlich) Ritter. Ein italienischer Ehrentitel, der besonders verdienstvollen Persönlichkeiten verliehen wird. Es gibt dann mehrere Abstufungen des „Cavaliere"-Titels.
„... essendo fascista convinto e per meriti particolari per il Regno italico.": „... weil er überzeugter Faschist ist und sich besondere Verdienste um das italienische Königreich erworben hat."
Gran Fascista: Großer Faschist
Road: Ordnungsprinzip der Wassernutzung. Die Reihenfolge, in der die Bauern das Bewässerungswasser zugeteilt bekommen.
Lostôg: Tag, an dem die Road für das laufende Jahr festgelegt wird.
Roadtôg: der Tag, an dem das Bewässerungswasser verwendet werden darf.
Furchen Wasser: Maßeinheit für die Wassermenge; eine **Bergfurche** entspricht ca. 20 bis 25 Liter Wasser die Sekunde. Eine **Landfurche** entspricht ca. 35 bis 40 Liter Wasser die Sekunde.
ausgekopft: ausgedacht, geplant

Schafl'n: Schafe
Tu es sacerdos in aeternum: Du bist Priester auf ewig (und damit ist auch die ewige Schweigepflicht gemeint)

22.
Langsam wassern: langsam bewässern
Stâât wassern: behutsam bewässern
Gletschermehl: Das Wasserwossr bringt, besonders während der Zeit der Schneeschmelze, mineralsalzreiches, oft typisch trübes Wasser aus den Gletscherregionen mit. Beim langsamen Bewässern bleibt dieses Gletschermehl auf den Wiesen und Äckern liegen und trägt zur Düngung bei.
Dass man koan Fux außischwenzt: Auf dass man keine Erderosion provoziere. Zu schnelles Bewässern von hanglagigen Wiesen kann das Abrutschen eines Stückes Wiese verursachen. Dies gilt als große Schande, weil es auf Unfähigkeit des rechten „Wasserns" schließen lässt.
Der Ausdruck „Fux" rührt wahrscheinlich daher, dass die ausgeschwemmte Stelle eine rötlich braune Farbe annimmt.
Ad maiorem Dei gloriam: Zur höheren Ehre Gottes
Kehren ein. Vom Tragwaal in den Pinggér in die Ilzen: Leiten das Wasserwossr vom Hauptwaal (Tragwaal) in den Verbindungswaal (Pinggér) bis zu den kleinen Verteilerwaalen (Ilzen) in den Feldern.
A Tschoppele woll, und a gsunds Kind a nou: Ein behindertes Kind schon, und ein gesundes Kind auch noch

23.
derwilden: wild machen, verärgern
Finanzer: Beamte der Finanzpolizei

24.
„Ego te absolvo, in nomine patris et filii et spiritus sancti." Ich spreche Dich von Deinen Sünden frei, im Namen des Vaters und des Sohnes und des Heiligen Geistes."

26.
G'moanarbeit: Arbeit, die die Gemeinschaft gemeinsam verrichten muss, wie eben die Errichtung und Instandhaltung der Waale.

30.
„Aetatis suae 50": 50 Jahre alt

31.
„Io sono, tu sei, egli è." (italienisch): „Ich bin, du bist, er ist."
„Noi siamo, voi siete, essi sono." (italienisch): „Wir sind, ihr seid, sie sind."
„I am, you are, he is."
„We are, you are, they are." (englisch, in derselben Bedeutung wie oben italienisch)

32.
Ohne Gneatigkeit: Ohne Hast
Schwabenkinder: Aufgrund der großen Armut im Oberen Vintschgau wurden Jahrhunderte lang und noch Anfang des 20. Jahrhunderts die kleinen Kinder mitgliederstarker Familien den Sommer über ins reiche Schwabenland „vermietet". Schlicht und einfach, um einen Fresser weniger bei Tisch zu haben.
Oft schon im zarten Alter von drei Jahren mussten sie zu Fuß die lange Reise unternehmen, meist bis Ravensburg, wo ein regelrechter „Kindermarkt" stattfand, und wo die Kinder dann auf die verschiedensten Großhöfe verteilt wurden. Im Herbst wurden die Kinder wieder „eingesammelt" und zurückgeführt.
Der Lohn bestand in kostenloser Verpflegung und, je nach dem Großmut des jeweiligen Bauern, in einem kleinen Geld- und Kleiderlohn.
Die Plärreten: Die Weinenden
„Kimm', mei netts Tschúurale, kimm' mei kloans Maadele": „Komm', mein nettes Kraushaariges, komm' mein kleines Mädchen."
„Wearsch seech'n, pa sui drauß'n isch's fein. Kennt's schun die G'schichten vun ...?": „Du wirst sehen, bei ihnen draußen (im Schwabenlande) ist es fein. Kennt ihr schon die Geschichte von ...?"
Schrothaue: eine große Haue, die zum Säubern der Waale dient
Vas'n (Wasen): Ein Stück Grasnarbe, die in den Waal hineinwächst

33.
Ettore Tolomei: faschistischer Statthalter Mussolinis in Südtirol. Er hat für Südtirol über 8000 italienische Flur-, Stadt- und Dorfnamen frei erfunden (übersetzt wäre falsch gesagt), dem damaligen Völkerbund damit eine nie dagewesene Italianità Südtirols vorgegaukelt, die Bevölkerung gezwungen, die Ruf- und Schreibnamen zu italianisieren, und er hat damit ein kulturelles Verbrechen ohne Beispiel in der neueren Geschichte begangen. Ein Verbrechen, an dem wir heute, im Jahre 2000, noch leiden. Und ein Thema, an dem

immer noch die emotionalen Wogen hochgehen. Einerseits war diese Erfindungswut eine eindeutige, unmissverständliche Unrechtstat, die allem Völkerrecht widerspricht. Anderseits: Diese Namen heute wieder abschaffen hieße der inzwischen heimisch gewordenen italienischen Bevölkerung ihr Heimatgefühl zu rauben. Meinen mir lieb gewordenen Italienern ein Leid antun? Altes Unrecht mit neuem Unrecht wieder gutmachen? Lassen wir doch europäischen Geist walten, zu Beginn dieses neuen Jahrtausends! Überspringen wir die alten Gräben und schauen wir gemeinsam nach vorne!
Der Bindestrich, der zwischen den Namen unserer Städte und Dörfer steht: Mals-Malles, Bozen-Bolzano, Meran-Merano, soll endlich ein VERBINDE-STRICH werden und kein Trennungsstrich mehr bleiben.
Italianità: das typisch Italienische, das italienische Kultur- und Geisteserbe, das typisch italienische Wesen
Carabinierimaresciallo: Feldwebel der Carabinieri (= Soldaten mit Polizeifunktionen)
„Faccia pure, Reverendo, e non si preoccupi, anche il Fascismo passerà.“ „Handeln Sie ruhig, Hochwürden, und machen Sie sich keine Sorgen, auch der Faschismus wird vorübergehen.“

34.
Der Kanonikus: Gemeint ist Kanonikus Michael Gamper, Widerstandskämpfer gegen den Faschismus aber noch vielmehr gegen den Nationalsozialismus, eine kirchliche und zum Teil auch eine politische Gegenfigur zu Fürstbischof Johannes Geisler. Kanonikus Michael Gamper entschied sich bei der Option (siehe unten) für Italien und musste nach dem 8.September 1943 untertauchen.
Herr von Hassell: Gemeint ist Ulrich von Hassell, der deutsche Botschafter in Rom (bis 1938), der mehrmals in Sulden Urlaub machte, und aufgrund seines Widerstandes gegen die nationalsozialistische Politik zwangspensioniert wurde. Als eine der führenden Widerstandsfiguren um den Grafen Claus Schenk von Stauffenberg wurde er am 8.Septmber 1944 hingerichtet.

35.
„Ba ..., de la Muma Veglia.“ „Die Seele ..., von der Alten (Großen) Mutter.“

36.
Option: Hitler und Mussolini vereinbarten 1938, dass die Südtiroler in „freier" Wahl entscheiden sollten, ob sie „heim ins Reich" kommen wollten, also die angestammte Heimat verlassen sollten, oder ob sie bei Italien bleiben wollten. Wobei den sogenannten Dableibern nicht garantiert wurde, auch effektiv in Südtirol verbleiben zu dürfen, und nicht womöglich ins italienische Kernland umgesiedelt zu werden. Ich nehme hier Bezug auf die Aussagen von Dr. Friedl Volgger, selbst Dableiber und ehemaliger politischer KZ-Häftling in Dachau.
Ca. 90% der Südtiroler entschieden sich für Deutschland, ca.7% für Italien, der Rest gab keine Stimme ab. Und wurde automatisch zu den Dableibern gerechnet.
„Âber freiwillig gean tu i nit. Gôr niaa." „Aber freiwillig gehe ich nicht. Niemals."
„Mit die Ketten müass'ans mi außiraiß'n. Aus mei Hitt." „Mit den Ketten müssen sie mich hinaus reißen. Aus meinem Haus."

40.
Nicht mehr kv: nicht mehr kriegsverwendungsfähig
Weigert sich, die Gurkenschalen anzunehmen: Er weigert sich, Unteroffizier zu werden.
Die Unteroffiziere der Wehrmacht hatten Schulterstücke, die, sehr vage, Gurkenschalen glichen.

42.
„Klammsteiner!" „Yes, Sir, yes!!!" „Can you understand me?"... (usw.):
„Klammsteiner!" „Ja, Sir, ja!!!" „Können Sie mich verstehen?" „Ja, Sir, ja!!!" „Sprechen Sie englisch?" „Ja, Sir, ja!!!" „Sie sind ein Nazi." „Nein, Sir, nein!!!" „Sie alle sind Nazis." „Nein, Sir, nein!!!" „Sie alle sind Nazis. Immer. Für immer."

45.
Just a moment: He *was* a Nazi: Einen Augenblick. Er war ein Nazi.

47.
The prisoner of war. And the war criminal: Der Kriegsgefangene. Und der Kriegsverbrecher.
Colonel: Oberst (militärischer Rang)

„Yes, I'm sorry.“: „Ja, tut mit leid.“
„Of course.“: „Aber klar.“

57.
Erst Jahre nach dem Krieg konnten die Deutsch-Südtiroler um die Wiedererlangung ihrer originalen, deutschen Ruf- und Schreibnamen ansuchen.

60.
Gansrupfen aufstehen: … dass es dem Balthasar kalt über den Rücken fährt, es stellen sich ihm die Haare auf, es stehen ihm die Haare zu Berge (hier im positiven Sinne gemeint)

62.
Scheibenschlagen (ein vorchristlicher Sonnwendbrauch und Fruchtbarkeitskult): Am ersten Sonntag in der Fastenzeit werden im Oberen Vintschgau sogenannte Hexen aufgestellt (mit Stroh umwickelte Holzkreuze oder Holzlattengestelle) und bei einbrechender Dunkelheit abgebrannt. Gleichzeitig werden Holzscheiben, die in ihrer Mitte ein Loch haben, auf lange, elastische Haselnußstöcke gesteckt, im Feuer zum Glühen gebracht, und dann, unter beschwörenden Rufen um Glück und Liebe, in die Nacht hinaus geschlagen. Je weiter eine solche Glühscheibe fliegt, um so mehr bringt sie dem Abschläger und Bittsteller Glück.

63.
der mittlere Kaschonbua: Der mittlere der Buben vom Kaschonhof.

POSTSCRIPTUM

Dies ist die Geschichte meines Vaters, des Raetho Klammsteiner, Bauer zu Hochalt.
Halb deutsch, halb rumantsch.
Mit einem Schuss Adelsblut.
Meine Mutter, Siegrun Gräfin Sonnberg, hat ihn nie mehr gesehen. Ihren einzigen Mann. Ihren einzigen Geliebten.
Nachdem ihre Schwangerschaft ruchbar geworden war, wurden die Pläne, sie ins Klosterleben einzuführen, ad acta gelegt.
Wurde sie versteckt. Quasi gefangen gehalten.
Auch weil sie sich weigerte, den Namen des Vaters öffentlich zu bekennen.
Als meinen Vater verdächtigte man einen jungen Adeligen, einen gewissen Friedrich von Eichberg zu Mals, mit dem sie sich auf der Hochzeitsfeier ihres Bruders Bardolf skandalös aufgeführt haben soll. Der junge Mann bestritt schwach und ungern. Ja, er wäre sogar bereit gewesen, die unbekannte Frucht als die seine zu legitimieren, wenn Siegrun bereit gewesen wäre, mit ihm in den Hafen der Ehe einzufahren.
Allein, meine Mutter weigerte sich hartnäckig. Unverständlicherweise. Wenn der junge Eichberger auch nur ein gewöhnlicher „von" und kein Graf war, so hätte sie doch dankbar sein müssen, in ihrer Situation eine noch halbwegs standesgemäße Ehe eingehen zu können. Meinte der Familienrat.
Durch ihre strikte Weigerung sorgte sie letztlich aber für den Fortbestand des Geschlechtes der Sonnberger.
Denn der Ehe meines Onkels Bardolf mit Lisbeth Freiin von Zöggl waren keine Kinder beschieden.
Nach dem frühen Tod der beiden wurde ich, als einziger Spross des alten Geschlechtes, legitimer Herr zu Sonnberg, Herr und Landmann im Valangatal.
Auf dem Totenbett hat mir Mutter gebeichtet, wer mein Vater sei. Nicht direkt. Indirekt nur.
„Geh' in die Ahnengalerie", hat sie geflüstert, „und schau Dir den Gisbert III. an. Dann weißt Du, wer Dein Vater ist."
Es hat eine Weile gebraucht, bis ich ihre Worte verstanden habe.
Es war Herz-Jesu-Sonntag, und ich war, selten genug, zur Messe in die Kirche zum heiligen Florinus ins Valangatal gefahren.

Und wie ich mich, nach altem Fug und Recht, in die erste Bank setze, jene, die mit unserem Familienwappen, dem silbernen Kranich auf blauem Grund, geziert ist, da setzt sich neben mich: mein Vater. Gisbert III. Wie er leibt und lebt.
„Excusez-moi: Puis-je m'asseoir à côté de Vous?"[2]
Ein Bauer! Der mich französisch anspricht. Akzentfrei.
Mit Nonchalance.
Nachdem ich den Schock überwunden hatte, die vermeintliche Demütigung, einen Bauern zum Vater zu haben, habe ich den älteren Herrn wieder und immer wieder aufgesucht. Auf dem Hochalthof. Dem Hof meiner Vorfahren. Dem Hof unserer Vorfahren. Und da ich ihm Zeit meines Lebens verschwiegen habe, in welch genetischem Verhältnis wir zueinander standen, hatte sich eine wunderbare, eine einmalige Freundschaft entwickelt, die zum Wertvollsten gehört, was ich je besessen habe.
Ich habe ihn oft und oft gebeten, mich auf Sonnberg zu besuchen, ich habe ihn regelrecht bekniet, mich auf- und heimsuchen zu kommen, meine Bibliothek zu benutzen, einen Blick von der Schlossbrücke über den sich öffnenden Vintschgau zu werfen, er hat sich aber stets höflich und hartnäckig geweigert, meinen unzähligen Einladungen Folge zu leisten.
Wir haben uns jahrelang unterhalten, mein Vater und ich, über Gott und die Welt, über Musik, Philosophie und den Lauf der Geschichte, und nie hat mich ein Mensch mehr gelehrt, als dieser vielsprachige, weltgewandte, weltoffene Bauer, das lebende Konterfei unseres gemeinsamen Ahnen Gisberts III.
Mit der Meinung meines Vaters, des Raetho Klammsteiner, des Bauern zu Hochalt, über den *Sinn geschichtlicher Erkenntnis,* will ich diese Zeilen schließen. Es sind die Worte eines Mannes, der einst zwischen den Fronten der gegensätzlichsten politischen Systeme des letzten Jahrhunderts gestanden ist, zwischen dem Faschismus, dem Nationalsozialismus und dem Kommunismus, und je älter ich werde, als um so wahrer muss ich sie erkennen:
„Wir müssen versuchen, die wenigen Gesetze zu erkennen, die in den weiten Zeiträumen der Geschichte walten, und wir müssen dann auch demütig versuchen, unsere persönlichen Wünsche und Vorstellungen der größeren Erkenntnis unterzuordnen."

Gisbert IV., Herr zu Sonnberg

---

[2] „Verzeihen Sie: Darf ich mich neben Sie sezten?"

Hans Perting

„ÖLBAUM UND ZYPRESSE“

Roman

Ist es Zufall oder der Wille des *Logos,* daß sich vier junge Menschen auf einem toskanischen Bauernhof zusammenfinden und unter *Ölbaum und Zypresse* ein kleines Paradies erblühen lassen? In intensiven Gesprächen schneiden sie all jene Themen an, die die Welt von jeher bewegen. Zugleich erfährt der Pharmaziestudent Hans, Protagonist und aktiver Zeuge dieses geistigen Abenteuers, die absolute Liebe zu einer Frau.
Wenn Sie die Toskana lieben und Spannung und geistige Auseinandersetzung zu schätzen wissen, werden Sie diesen anspruchsvollen Roman mit seiner bildreichen, symbolhaft überhöhten Sprache als intellektuelle wie emotionale Bereicherung empfinden.

„Das Buch zählt zum Bemerkenswertesten, das wir über die innere und äußere Welt eines jungen Südtirolers an seinem Studienplatz erfahren haben.“
Dr. Josef Rampold („Dolomiten“, Bozen)

„Wenn man einmal angefangen hat, die ersten Zeilen des Buches zu lesen, kann man nicht mehr aufhören und spinnt die Geschichten weiter.“
Dr. Ludwig Kröner („Nürnberger Zeitung“, Nürnberg)

2. Auflage
Verlag A.Weger - Brixen
ISBN 88-85831-70-2
28.000 Lire, 14 Euro, 28 DM, 200 öS, 23 SFr

Hans Perting

DER FEUERBUSCH

Roman

„Nach welchen Mustern also entwickelt sich ein Leben?“ ist die immer wiederkehrende Frage in diesem Roman, der sich in langen Satzwogen, oft surreal, oft mit feiner Ironie um die Achse eines Kriminalfalles windet, und dabei, in großen Spiralen, die Geschichte und das Schicksal zweier Menschen langsam ineinander verwebt.
Einmal ist es die Geschichte von Walther Pomella.
Dann ist es auch die Geschichte von Luna de la Montaña, einem peruanischen Bauernmädchen und zugleich einer der größten südamerikanischen Dichterinnen.
Zwischen den beiden entwickelt sich eine Liebe ohne Grenzen, und doch ist es dieselbe Liebe, die Walther Pomella letztlich abstürzen und für einen Tag im Reungesheimer Männerknast landen lässt.

„Es wäre sehr schade gewesen, wenn dieses Buch nicht erschienen wäre.“
Herbert Rosendorfer, Schriftsteller (Girlan)

„Ich mag das Buch, weil es so endlos lange Sätze hat, weil das etwas Neues und Ungewohntes ist und sich dennoch ganz flüssig liest, ich mag das Buch, weil mich die Liebesgeschichte zwischen Luna und Walther berührt, die so ganz ohne Bett auskommt und dennoch aufregender und erotischer ist als viele andere derartige Erzählungen, ich mag das Buch, weil Walther ein Suchender ist wie so viele von uns, und trotz aller Bemühungen auch sein Leben lang bleibt.“
Renate Prugger, Journalistin (Bozen)

„Ein überraschendes und der Erfolgschancen würdiges Werk. Mit diesem Werk steht tatsächlich ein Autor vor uns.“
P. Bruno Klammer, Theologe, Germanist (Bozen)

Provinz Verlag
ISBN 88-88-88118-01-2
Euro 12,5, DM 25, ÖS 180, SFr 20,5

Hans Perting

IL PALIO
oder
Dein Tod, mein Leben

Eine Kurzgeschichte

Es ist dies einmal die Geschichte von Beppe il pepe, des besten fantino, den Siena je gesehen hat, dann ist es die Geschichte seines zehnten Kindes Vittorio, das für die Möglichkeit eines Studiums, dreier warmer Mahlzeiten am Tag und eines weichen Bettes am Abend seine Seele Gott verschreibt, und letztlich ist es ein spannendes Psychogramm von Siena und seiner Geschichte, das die Lust aufkommen lässt, diese wundervolle Stadt und seine Bewohner selber kennen zu lernen.

Verlag A. Weger
ISBN 88-85831-69-8
Lire 5.000
Euro 2,5, DM 5, ÖS 36, SFr 4